Fairy Tales
FOR Fearless Girls

戰勝命運的女孩

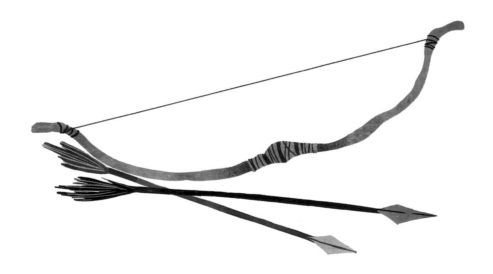

改寫 **阿妮塔·加奈利**
Anita Ganeri

圖 **柯亞·黎**
Khoa Le

譯 柯清心

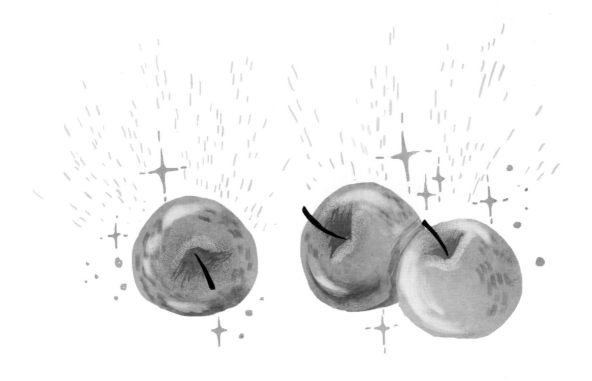

戰勝命運的女孩
Fairy Tales for Fearless Girls

改寫｜阿妮塔・加奈利 Anita Ganeri
圖｜柯亞・黎 Khoa Le　譯｜柯清心

字畝文化創意有限公司

社長兼總編輯｜馮季眉　責任編輯｜戴鈺娟
編輯｜陳心方　美術設計｜文皇工作室

讀書共和國出版集團

社長｜郭重興　發行人｜曾大福
業務平臺總經理｜李雪麗　業務平臺副總經理｜李復民
實體書店暨直營網路書店組｜林詩富、郭文弘、賴佩瑜、王文賓、周宥騰、范光杰
海外通路組｜張鑫峰、林裴瑤　特販組｜陳綺瑩、郭文龍
印務部｜江域平、黃禮賢、李孟儒

出版｜字畝文化創意有限公司
發行｜遠足文化事業股份有限公司
地址｜231新北市新店區民權路108-2號9樓
電話｜(02)2218-1417　傳真｜(02)8667-1065
客服信箱｜service@bookrep.com.tw
網路書店｜www.bookrep.com.tw
團體訂購請洽業務部 (02) 2218-1417 分機1124
法律顧問｜華洋法律事務所 蘇文生律師
印製｜通南彩色印刷有限公司

2023年6月　初版一刷
ISBN｜978-626-7200-72-8　書號｜XBTH0083　定價｜500元
Copyright©Arcturus Holdings Limited www.acrturuspublishing.com
Complex Chinese translation rights©2023, WordField Publishing Ltd., a division of WALKERS CULTURAL ENTERPRISE LTD.

國家圖書館出版品預行編目（CIP）資料

戰勝命運的女孩/阿妮塔.加奈利(Anita Ganeri)
　改寫；柯亞.黎（Khoa Le）圖；柯清心譯. --
　初版. -- 新北市：字畝文化創意有限公司
出版：遠足文化事業股份有限公司發行,
　2023.06；128面；21×26公分

譯自 :Fairy tales for fearless girls.

ISBN 978-626-7200-72-8（精裝）

873.596　　　　　　　　　　112004386

目 次

打破框架的無畏女孩！

讓我們忘掉被愛沖昏腦，苦苦等待英俊王子來救她下塔的長髮公主；拋開躺在玻璃棺材裡，靜靜等著男人前來搭救的白雪公主；也把睡美人忘了吧，這位大美女在自己的故事裡，基本上都在睡覺。是時候該從那些女孩只能坐困愁城、等待別人拯救的故事走出來了。

本書各篇故事的女主角，都不是你常常在童話裡看到的那種女生，她們都是行動派，從不被動等候；她們有自己的意志，且積極行動。這群女孩散發的魅力，與我們平時熟悉的故事男主角一樣多元——世界各國的神話與民間故事，角色大多以男生為主，他們有時正派，有時亦正亦邪——女生主角也應該如此。

書中這些無畏的女孩，她們崇尚精神自由，同時具備通常是男生英雄角色才有的自信、韌性、力量、機智與獨立性。在她們的生命裡，一見鍾情只是種

虛構的神話，想要得到真愛，就必須為對方奉獻、付出感情並相互尊重。我們的女主角們很樂於被愛，但也不甘於成為男性的附庸。

當然囉，對女孩而言，擁有自由精神與獨立心智，通常不輕鬆，也不見得討人喜歡。

幸好本書的女主角們，根本不會介意別人的看法：她們專注於自己的人生，朝目標邁進，不顧慮來自他人的毀譽。女生為什麼不能跟男生一樣勇往直前、出類拔萃、自由自在？女生憑什麼不能當英雄？

是的，這些框架可以打破！現在，我們就來認識這群不墨守成規又熱血勵志的女英雄吧！她們具開創性、啟發性、英勇大膽的行為，讓她們的朋友、家人，甚至整個社會，都能受惠。例如，神射手亞特蘭妲，她的一雙快腿無人能敵；武士之女常世，她冒著溺死和被可怕海妖吞食的危險，解救了被放逐的父親；還有穿著一身破衣服的破破姑娘，她騎著老山羊、隱藏自己的樣貌，英勇的拯救自己的妹妹；以及天不怕地不怕的母親烏拿娜，勇敢的救回了被獨牙大象擄走的孩子……

本書集結了更多更多來自世界各地的無畏女孩，希望你能盡情沉浸在她們刺激的冒險故事中，並且從中獲得鼓舞與感動，勇敢打破框架，踏上屬於你的精采冒險！

勇敢戰士布拉達曼特

改編自義大利文藝復興時期浪漫史詩
《熱戀的羅蘭》與《瘋狂的羅蘭》

很久以前，法國有一位最英勇的女戰士，名叫「布拉達曼特」。這位聲名遠播的戰士，驍勇善戰、無所畏懼，還擁有一匹矯健神武的飛馬坐騎。這頭神獸，有著馬的身體，以及老鷹的頭、爪子和翅膀，布拉達曼特總是騎著牠，手持一把魔法騎槍，跟心術不正的邪惡敵人對決，並將對手從馬上擊落。布拉達曼特的劍術高超，唯有夠大膽的人，才敢向她宣戰。

有一天，在戰場上，布拉達曼特與兩位名叫「米里索」與「魯傑羅」的年輕人對戰。米里索十分勇猛，但魯傑羅的戰技更勝一籌，兩人幾乎跟布拉達曼特打成平手。纏鬥了幾天幾夜之後，互相欽佩、互有好感的魯傑羅和布拉達曼特墜入愛河，不久便打算結婚。

然而，布拉達曼特的父母其實早做好打算，要把女兒嫁給一名富有的貴族。儘管布拉達曼特苦苦哀求，他們還是不肯讓女兒嫁給魯傑羅。心意已決的

　布拉達曼特提出最後的要求——她只願嫁給武術與她旗鼓相當的追求者，假若她父母能找到一位實力與她匹配的貴族，她就答應嫁給他；因為她很確定，國內沒有一位貴族是她的對手。布拉達曼特的父母同意了，卻很快驚覺上了女兒的當。

　　求親的人陸續找上門，也包括大法師亞特蘭提斯的兒子雷納多，但所有人都被擊敗了，布拉達曼特只需輕輕鬆鬆的一揮劍，就能讓對手跌下馬。唯一真正能迎戰的只有魯傑羅，布拉達曼特向來知道他有這個能力。最後她父母不得不承認策略失敗，准許女兒和魯傑羅成婚。

令人訝異的是，在熱鬧歡樂的婚禮上，布拉達曼特和魯傑羅的家族竟然相處愉快。正當這對新人以為能從此過上幸福的日子，不料天不從人願，法師亞特蘭提斯對於兒子求婚被拒絕，感到憤恨，發誓一定要報仇。

在布拉達曼特和魯傑羅離開婚禮派對後，他喚來魔法陣風將魯傑羅吹走，擄到自己的魔法城堡。城堡佇立在遙遠的高山上，由閃亮的玻璃製成，亞特蘭提斯在裡面設置了滿滿的機關和幻影陷阱，以迷惑試圖闖入的人。

「現在他們再也無法在一起了。」亞特蘭提斯咯咯笑說。然而，他太低估英勇無畏的布拉達曼特了。布拉達曼特騎著她忠誠的飛馬，跟隨魯傑羅來到亞特蘭提斯的城堡，用她的魔法騎槍刺破玻璃牆，救出了魯傑羅。

看見那兩人一起騎上飛馬逃跑時，亞特蘭提斯氣得半死。他施展他最厲害的法術，對飛馬下咒，這匹忠誠的坐騎突然仰起身體，將布拉達曼特摔了出去，然後用爪子攫住驚駭不已的魯傑羅，騰空飛走。

魯傑羅用力踢腳掙扎，但飛馬怎麼也不肯放開他，最後帶著他降落在大海中央的一座神祕島嶼。那是壞女巫艾西娜的島。艾西娜長得相當美麗，卻有個可怕的嗜好，喜歡把不請自來的訪客變成岩石、樹、小溪或野獸。魯傑羅絕望的環顧四周，沒想到竟然聽到附近的香桃木叢說話了。

「小心啊，小心。」樹叢警告說：「快逃命，年輕人，否則就太遲了。邪惡的艾西娜會愛上你，用她的美貌與魅力誘惑你，但她很快就會膩了，把你變成她島嶼上的裝飾品。相信我，這種事以前發生過，將來也會再發生。我原本是偉大的武士阿斯托弗，瞧我現在變成什麼模樣？你唯一的希望，就是找到儲放她法力的魔甕，把魔甕毀掉。」

魯傑羅卻過於自信，不顧警告，大步走去找艾西娜。這位不幸的武士一找到艾西娜，便立即拜倒在她的魔咒下，把愛人忘得一乾二淨了。

　　與此同時，布拉達曼特正打算去營救她心愛的魯傑羅。她跑去請求米里索的幫忙，米里索看她指出飛馬飛走的方向後，便猜想牠應該是飛往艾西娜的島了——他從其他武士朋友們那兒聽說過那座島的事。

　　他戴上自己的魔法戒指，那只魔戒能讓他看破所有幻象與咒語。布拉達曼特則全副武裝，把自己打扮成一名年輕男子，自稱「里奇亞多」，以掩飾真實身分。兩人借來一艘船，划向女巫所在的島嶼。

　　他們抵達後，樹叢阿斯托弗對他們提出相同的警告，布拉達曼特和米里索仔細聆聽後，擬出了一個計畫。他們一起到艾西娜的皇宮，看到並肩坐在王座上的艾西娜和魯傑羅，王座後方有個冒著泡泡的甕，那就是艾西娜的法力來源。米里索和里奇亞多向艾西娜自我介紹，說他們兩位年輕人希望能夠透過競爭，爭取娶她為妻。

　　布拉達曼特原本希望魯傑羅能認出她的聲音，卻發現魯傑羅已經迷戀上艾西娜，把她、他們的婚禮和他過往的生活，全都忘了。

　　艾西娜笑了笑，「我已經擁有世上最棒的男人了，再也不需要其他追求者。」她說：「不過，我倒是可以在我的島上擺一些新的石頭。」她抬手想將布拉達曼特和米里索變成石頭，兩人連忙衝出門外躲開。

　　「我們得讓她失去魔法。」布拉達曼特說。她和米里索緊盯著艾西娜，但她無論走到哪都帶著魔甕。他們知道得引她分心……可是要怎麼做才好？

　　米里索想方設法，終於有機會與魯傑羅獨處了，他勇敢的試著提醒魯傑羅他以前的生活，並告訴他，艾西娜邪惡的法術，以及所有闖入她地盤的人最後的下場。

　　一開始魯傑羅不肯相信他，「你別想騙我離開。」他大聲說：「我全心全意愛著艾西娜，她也全心全意愛我。我要永遠待在這裡，你是無法阻撓我的！」

為了讓魯傑羅清醒過來，米里索取下自己的魔戒，套到朋友指上，這下魯傑羅終於看清事物的真貌了：原本溪流潺潺、丘陵起伏的美麗島嶼，在眼前成了一片荒蕪崎嶇、怪獸咆哮的岩漠。咒語破解後，魯傑羅想起了布拉達曼特，以及自己對她的愛。

「你必須引艾西娜分心，」米里索告訴魯傑羅：「英勇的布拉達曼特才能擊敗她。」

兩人一起回到廳堂，艾西娜正在她的王座上休息，完全不曉得布拉達曼特就躲在一尊雕像後。魯傑羅大膽邁步走到房間中央，「我不愛你了，我想離開。」他對艾西娜大聲的宣布。

艾西娜大發雷霆，她使出殺傷力最強的咒語，拼盡全力召喚了所有最邪惡的妖魔鬼怪，要阻止魯傑羅離開她。這時，布拉達曼特從雕像後一躍而出，甩開頭上的頭盔，為魯傑羅抵禦所有的邪靈。她閃躲著咒術，揮劍不下百次，一一擊退所有艾西娜變出來的、張牙舞爪的怪獸。

接著布拉達曼特大吼一聲，往空中一撲，飛過艾西娜的王座，出奇不意的一擊，將魔甕擊個粉碎。王宮立即崩為塵土，艾西娜發出死亡的哀號，身軀陷入地底。此刻，這座島嶼終於擺脫了邪惡女巫，魯傑羅和布拉達曼特也奔向彼此的懷抱。

他們一行人離開小島之前，還有最後一件善舉要做——把島上的岩石、樹、小溪和野獸，一一變回原本的人形，其中也包括阿斯托弗，那位變成香桃木叢的武士，以及他被變成凶狠穴獅的兒子奧貝托。

米里索安排了船，將所有變回人形的朋友送回家。布拉達曼特和魯傑羅跟朋友們道別後，跳上飛馬的背，飛越天際回家了。兩人都很期盼未來幸福快樂的日子——以及刺激的冒險。

飛毛腿女獵人亞特蘭姐

改編自古希臘神話

從前，在希臘的阿卡迪亞，住著一位國王和王后。兩人膝下沒有子女，一直渴望有個能繼承王國的兒子，便不斷祈求天神，希望神能實現他們的心願。一段時間之後，他們的夢想似乎成真了，王后生下了一名漂亮活潑的嬰兒，但問題是，寶寶是個女孩。

「我想要的是兒子，結果卻生了個女兒！」國王氣極敗壞的說：「女兒對我有什麼用？她不能騎馬、打獵或學習格鬥，也沒有辦法在我死後，成為阿卡迪亞的國王，這簡直是場災難。現在只有一個辦法了。」殘忍的國王彈了一下手指，傳喚手下，命他把寶寶帶到國家邊境的森林裡，「把她丟在那裡，讓野熊吃掉。」國王說：「這是甩掉這孩子最好的辦法。」

於是，男人帶著寶寶進入森林，把她放在一棵樹下。經過一天一夜，嚎啕哭著要找媽媽的寶寶，變得愈來愈疲弱飢餓了，唯有森林裡的小鳥和樹木，能

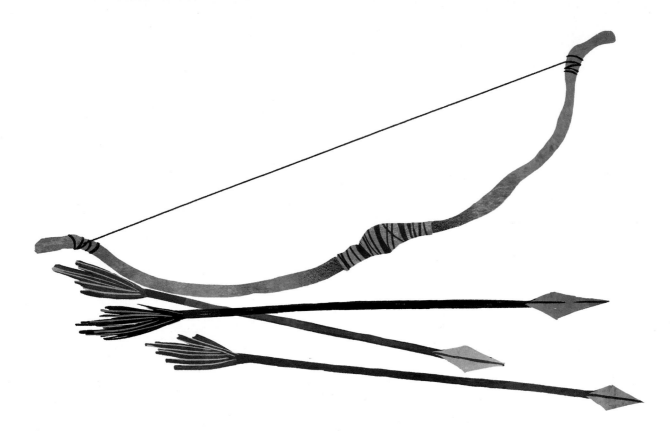

　　夠聽到她的哭聲。又過了一天，一頭緩緩經過的母熊聽到了寶寶的哭聲，母熊心想，「該不會是走丟的熊寶寶吧？」她垂下毛絨絨的大頭，輕輕的蹭著寶寶的臉，寶寶嘴裡咿咿呀呀，開心的抬起手，摸著大熊油亮的鼻子。母熊躺到寶寶身邊，一熊一人便這麼沉沉睡去。

　　隔天，母熊將寶寶帶回自己在森林的窩，一起在那裡快樂的生活了好幾年，小女孩長得又快又壯，跟著她的熊媽媽在林子裡到處奔跑。

　　有一天，一名獵人來到森林，無意間看到了熊穴，女孩很害怕，但熊媽媽安慰她，「你長得很快，」她悲傷的喃喃說：「是時候從這裡搬走了。現在起，這位獵人和他妻子的家，就是你的家。親愛的孩子，他們會照顧你，並教你各種生活所需的技能。」

　　女孩不想離開，哭著要找照顧她多年的母熊媽媽，但獵人夫婦非常寬厚友善，在他們的細心照料下，不久後，小女孩便安頓下來了。「我們就叫她『亞特蘭妲』吧。」獵人說：「感謝狩獵女神阿提米絲，讓這孩子能安然在森林裡

生存下來，直到被我們發現。」

　　亞特蘭妲日漸長大，獵人夫婦給了她一把上好的獵弓和一袋弓箭，並教導她如何射箭和投擲狩獵用的長槍。每次他們外出打獵，亞特蘭妲便跟在一旁，耳濡目染下，她成為一名絕佳的射手，身手敏捷、強健有力，「飛毛腿女獵人」的名號很快便傳遍整個王國。

　　亞特蘭妲在森林的家，就在阿卡迪亞及鄰國卡利敦的邊境。卡利敦的國王歐諾斯很有智慧也相當勇敢，他熱愛狩獵及培育葡萄園。有一年夏季，卡利敦的農作收穫特別豐盛，歐諾斯決定酬謝諸神，保佑他的王國物產豐饒。但興奮的歐諾斯，竟然忘記感謝狩獵女神阿提米絲了，他的怠慢令女神十分生氣，「我要讓他們好看，」女神憤憤的說：「這樣他們就再也不敢忘記我了。」

　　就在第二天，一頭前所未見的大野豬，怒吼著從森林裡衝出來。野豬有一

對閃亮而銳利如刀的長牙，還有一雙凶狠的眼睛。牠在鄉間恣意奔馳、踐踏農田，還撞斷了葡萄藤，果園的樹也被撞得連根拔起，牠甚至殺了所有的羊隻。野豬大肆破壞好幾週，似乎都不覺得累，沒多久，卡利敦的糧倉就都空了。

絕望的歐涅斯國王找來兒子梅列阿格，國內最厲害的戰士。父子倆派信使去找希臘所有狩獵高手，請他們一起獵殺野豬。樂意相助的獵人相繼到來，其中也包括亞特蘭妲，她帶上了最好的獵弓、箭和長槍。「陛下，」她對國王說：「野豬破壞了我居住的森林，我會跟戰士們去狩獵，將野豬拿下。」

沒聽過亞特蘭妲大名的獵人們哈哈大笑。一名獵人取笑她，「她懂打獵嗎？」另一名獵人說：「如果她去了，我可不奉陪啊，否則會變成大家的笑柄的！」不過，梅列阿格王子聽說過亞特蘭妲的能耐，他走向亞特蘭妲，「歡迎加入我們，」他說：「我們非常需要你的狩獵技巧。至於其他人，你們難道是害怕亞特蘭妲比你們更厲害嗎？」

隔日，打獵正式開始。亞特蘭妲一路帶領著隊伍，最後在一片灌木叢找到野豬——那場面實在太可怕了。野豬的眼睛紅如火焰，嘴巴滴著唾沫，一對利牙不斷左戳右刺，獵人們都還來不及搭弓，牠就攻過來了。獵人和獵狗慌張逃竄，丟下幾名已經戰死的同伴便跑走了。唯有勇敢的亞特蘭妲不為所動，她小心翼翼的舉起弓，瞄準野豬射出飛箭，正中野豬的眉心，巨大野獸痛得膝蓋跪地。梅列阿格用長槍將牠徹底解決，野豬翻過身，無力回天。

亞特蘭妲回歸日常生活後，名聲再次傳開，她飛快的腳步、過人的勇氣和美貌，成了全希臘的焦點。許多年輕戰士愛上了她，但亞特蘭妲寧可在森林自在生活，不想結婚。問題是，追求她的人怎麼也不肯死心，人數還愈來愈多。

亞特蘭妲再也受不了了，便把追求者集合起來。「我將嫁給賽跑能夠跑贏我的男子。」她宣布說：「但如果我贏了，各位就得把長劍和弓箭留給我，永

遠不能再自稱是戰士。」結果亞特蘭妲跑贏了所有人，挑戰者一個個敗下陣來，沒有一個人的速度能與她相當，亞特蘭妲因此一口氣獲得了一大批武器。

後來，有位名叫「墨拉尼昂」的王子也想追求亞特蘭妲，但他知道自己不可能贏得賽跑，也不想放棄自己的劍，於是跑去祈求愛神阿芙蘿黛蒂幫忙。愛神同情王子，便給了他三顆金蘋果，並教導他該如何利用。

到了比賽的時候，一開始，亞特蘭妲讓墨拉尼昂先跑，但腳步快如飛箭的

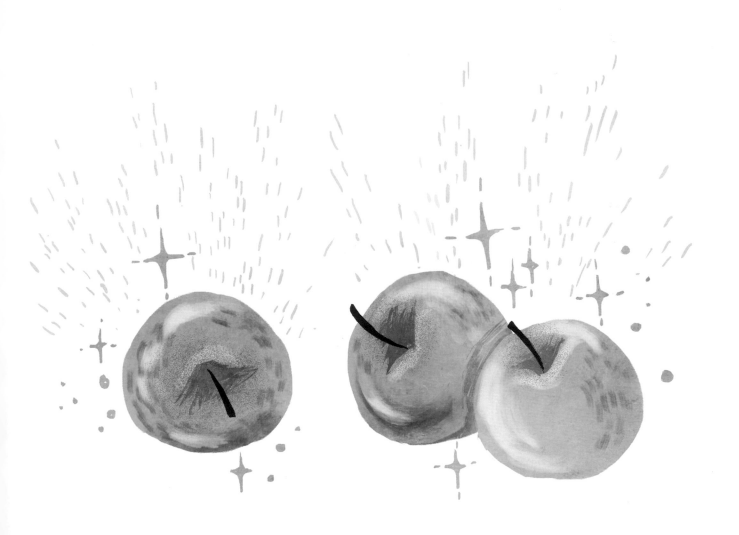

她，馬上就趕上並超前了。墨拉尼昂冷靜的拿出其中一顆蘋果，丟到亞特蘭妲面前。地上的金蘋果在陽光下閃閃發光，亞特蘭妲從沒見過這麼美麗的東西，她知道自己非擁有不可，但正在她停下來撿蘋果時，墨拉尼昂從她身邊衝了過去。

亞特蘭妲重新再次跨開大步奔跑，沒多久就又趕上墨拉尼昂了，於是墨拉尼昂拿出第二顆蘋果，再次扔到亞特蘭妲眼前。這顆蘋果甚至比第一顆還要燦爛，亞特蘭妲停下來撿拾蘋果時，墨拉尼昂再度從她身邊奔馳而過，而亞特蘭妲也再度如疾風一般的趕上他。亞特蘭妲開始明白墨拉尼昂在耍什麼花招了，「他真是個聰明的王子」，亞特蘭妲心想，「但他休想贏過我。」

然而就在終點線前，墨拉尼昂掏出第三顆金蘋果，往肩後一扔，蘋果滾出了賽跑的路線，亞特蘭妲不加思索的就跑去追蘋果了……結果墨拉尼昂先抵達了終點，贏了比賽。這讓亞特蘭妲很氣惱，「你作弊！那些蘋果有魔法！」

墨拉尼昂拉起她的手，單膝跪下說：「我太想娶你了，因此聽取了愛神的計畫。我無法跑得像你那麼快，但我可以愛你至深。我不會硬逼你嫁給我，因為我們幾乎還不認識彼此，我只要求能陪在你身邊幾天。如果你不想的話，我願意放下自己的劍，現在就離開，儘管那麼做會令我十分痛苦。」

亞特蘭妲知道墨拉尼昂定然出身不凡，才能獲得愛神的祝福，因此她決定與他相處幾天，聽聽墨拉尼昂跟她說故事。原本的幾天變成了好幾週，然後是好幾個月……亞特蘭妲發現自己漸漸愛上了墨拉尼昂。兩三年後，他們結了婚，一起幸福的生活了很長一段時間，不過，小倆口再也沒有賽跑了。

制服河馬怪的娜娜

改編自非洲索洛庫部族的傳說

在西非的大河，尼日河旁有個村子，住著一個叫「法拉馬卡」的男人，和他的女兒娜娜。他們屬於索洛庫族，這個部族出了名的驍勇善戰，令人望而生畏，而法拉馬卡正是所有族人中，最勇猛、最厲害的獵人戰士。

法拉馬卡的身材如巨人般高大，而且極為強壯，靠單手就能將猴麵包樹連根拔起。據說他長得很醜，不過女兒娜娜不僅非常漂亮聰慧，還跟他一樣強健無比，這令法拉馬卡十分驕傲。他對女兒傾囊相授，父女倆一起在大地上漫遊、在河流中涉水，法拉馬卡教導娜娜認識所有植物和動物的名字與特徵，還教了她另一件事——魔法。不久，娜娜的法力就已經超過了父親，但她沒有告訴任何人，連父親也沒有。

當時的尼日河裡，有一頭巨大的河馬怪——這頭河馬也懂法術。河馬怪無論何時都覺得肚子餓，每年在索洛庫族人收割珍貴的稻米時，他就會從河裡衝

上陸地，吃田裡的稻子。河馬大口大口吃著，直到把人們的糧食吃光，最終導致嚴重的飢荒。

村裡的獵人一再試圖宰了這頭怪物，但河馬總有辦法順利逃脫，他會用魔法把自己變成鱷魚、水蛇或是大魚，再趁機快速游走。忍無可忍的法拉馬卡決定親自出馬，帶上他最銳利的七把長矛，去獵殺這頭怪獸，「這幾把矛從沒讓我失望過。」他說：「沒殺死那怪物，我絕不回來！」

法拉馬卡好不容易終於找到河馬，他舉起矛，臂膀往後一抬，瞄準後大力擲出。他擲了七次矛，但都沒能射中目標，因為河馬轉眼間就在空中變出七個火盆。火盆接住了所有的矛，落進盆裡的矛，一支支被火燒個精光，隨後火盆便消失了。河馬咯咯笑著，「你永遠殺不了我！我也有法力，我是無人能敵的！」凶惡駭人的河馬再次變身之後就游走了，驕傲的法拉馬卡只得認輸，無功而返。

為了扳回顏面，法拉馬卡知道自己必須做點什麼。他來到隔壁村落，懇請凱羅狄奇的協助。這位偉大的獵人幾乎跟他齊名。「你能幫助我獵殺這頭野獸嗎？」法拉馬卡問。

「可以。」凱羅狄奇回答：「我會帶上我一百二十隻最好的獵犬。」他的每隻獵犬都如馬匹般巨大，長著可怕的長牙，眼睛在黑暗中閃閃發光。這群獵犬令法拉馬卡十分緊張，但他不願承認。兩位獵人找到了河馬——他龐大的身形相當醒目——凱羅狄奇放出他自豪的獵犬，狗群發出一陣嘶咬聲，激烈的動作甩得鍊子嘎嘎作響，看起來非常嚇人；至少法拉馬卡是那麼想的。

然而河馬卻不以為然，他看到不停狂吠的狗群，竟然哈哈大笑，「我才不怕區區幾隻好鬥的小狗哩！」他大聲說：「你們得使出更厲害的本領才行。」只見河馬一一抓住所有大狗的尾巴，一口一口吞掉了牠們，接著轉過頭背對驚

駭不已的兩名獵人，悠悠的朝向另一片稻田離去。

　　法拉馬卡和凱羅狄奇拔腿狂逃，一路奔回法拉馬卡的屋子。兩人見到娜娜，便把剛才的經過告訴她，但隻字不提他們逃跑的事。

　　「實在太野蠻了！」法拉馬卡極力壓抑顫抖的聲音說：「我們試了所有辦法，卻沒有一招奏效。」

　　「沒錯。」凱羅狄奇接著說：「如果連我們也阻止不了那頭河馬，那就不

可能會有人能打敗他了。畢竟，我們是這裡最厲害的獵人。」

　　娜娜靜靜聆聽他們的故事，決定是時候由她出手來解決河馬這個心頭大患了。她笑嘻嘻的說：「呵呵，看來只好讓我親自去瞧瞧這頭怪物了！」

　　法拉馬卡聽到都快瘋了。「不行，不行，不行！」他大喊著，拉起女兒的手，「我心愛的女兒，你聰明又強壯，這點是無庸置疑的，但連我們最厲害的戰士，都無法動那怪物一根汗毛啊。你是我唯一孩子，我求求你別去。」

　　凱羅狄奇則哼了一聲，對娜娜說：「真是一派胡言，要打敗這頭怪物，你根本毫無勝算。我建議你乖乖聽你父親的話，留在家裡，那才是你應該待的地

方。」凱羅狄奇這番話讓娜娜更加堅定，她會證明自己給他看的。娜娜冷靜的抓起一根長矛，以及裝著魔法粉跟護身符的皮袋，大步出發去尋找河馬。

　　沒多久，娜娜就找到了河馬，他在河岸上大搞破壞，留下了一道狼藉的痕跡。這時的河馬正忙著吞食另一片稻田，他看到娜娜走來，便抬起頭咧嘴笑著，露出一口恐怖的牙齒。「哈，他們竟然派了個乳臭未乾的小孩來殺我！」河馬暗笑說：「這真是我見過最可笑的事。」

　　「我們走著瞧吧。」娜娜抬頭挺胸的說。河馬反問：「你憑什麼覺得自己殺得了我？你們村子最強壯聰明的獵人，和其他所有挑戰者全都失敗了，就連一百二十隻獵犬都阻攔不了我，這樣你還有什麼話好說？」

　　娜娜直直的注視河馬許久，「如果你準備好開戰了，」她挑釁著河馬說：「我就讓你見識本姑娘的厲害。」

　　「只要你準備好，我隨時奉陪。」河馬不屑一笑。

　　「我早就準備好了。」娜娜答道，於是他們開始大打出手。

　　河馬想來個出其不意，便搶先發動攻擊，他發出震耳欲聾的咆哮，朝田裡放火，在他跟娜娜之間造出一大片火牆。娜娜迅速回應，她將手伸進袋子，掏出一包魔法粉，擲到火裡，火焰立即化成水，滲入田地。

　　「你得使出更有用的招數才行。」她譏笑河馬說。

　　「噢，這你就不用擔心了。」河馬說：「我跟你還沒打完呢。」他發出另一聲震耳的吼叫，這回，一堵閃閃發光的巨大鐵牆冒了出來，擋在他們之間。河馬一臉得意，卻持續不了多久；娜娜再次伸手到袋子裡，掏出一把魔法槌子，她使出全力往鐵牆上敲，沒一會兒功夫，就把鐵牆敲碎了。

　　「還有別招嗎？」娜娜喊說：「還是我已經贏了？」

　　河馬第一次露出擔心的神色，他不習慣成為弱者，因此決定在被擊敗前先

逃跑。河馬把自己變成一條湍急的小河，全速流入尼日河裡。但娜娜早有準備，她從袋子裡拿出一瓶魔法藥水，灑到河馬變成的河裡，小河立即乾涸，再次變回河馬。

這時，法拉馬卡出現了，凱羅狄奇也跟在一旁。法拉馬卡想來看看娜娜的狀況，他很好奇女兒究竟能否成功殺掉河馬。突然抵達的兩人令河馬分了心，他將娜娜晾在一旁，直接撲向兩名獵人。

就在河馬高聲狂吼、衝過娜娜身邊時，她跳了起來，一把抓住河馬的後腿，使出渾身力氣，將河馬在頭上甩了三圈，把他甩向河的對岸。河馬一頭撞上河岸的岩石，重重摔在地上，斷了氣。

三名獵人回到村子，大夥一起跳舞、唱歌，大開盛宴來歌頌娜娜。從那天起，索洛庫族享受著年年豐盛的農作收穫，再也不用挨餓了——這都得感謝勇敢的娜娜！

女武士的海底大對決

改編自日本古代傳說〈隱岐島的故事〉*

*收錄於旅日英國博物學家理查・戈登・史密斯
（Richard Gordon Smith，1858-1918）
《日本古代傳說與民間故事》（暫譯）

幾世紀以前，一位名叫「北條高時」的大官，掌握了統治日本的幕府實權。有一天，武士織部島因為冒犯了這位勢力極大的大官，被放逐到隱岐島——那是荒蕪多岩、難以到達的沿岸群島。

織部島被迫把心愛的女兒「常世」留給家人照顧。常世因為失去父親而傷心欲絕，她渴望父親能獲得赦免，卻怎麼也盼不到那一天。就在常世即將成年之際，她發下重誓：「我要去找父親，就算會死也在所不惜。」

後來常世賣掉所有家當，千里迢迢來到海邊。這一天天氣晴朗，她能在岸邊看到父親所在的那座島嶼。常世請求當地漁民送她渡海到島上，但漁民只管嘲笑她，說探訪被放逐的人是犯法的，萬一被抓到就得受死。

常世費盡千辛萬苦跑來，可不打算放棄。她花光身上僅存的幾枚錢幣，給自己買了食物，在夜色掩護下再次來到海邊，找到一艘小船。

33

　　她把船推入水中，使出全力划船，強風吹起滔滔海浪，要橫渡這個海域的風險極高，但常世原本就在海濱長大，她一點也不害怕。更何況，運氣站在她這邊——強勁的風和水流，帶著她成功渡過海峽。第二天晚上，她被沖上岸邊。又冷又累的常世渾身發抖的在海灘附近找到休憩的地點，躺下便睡著了。

　　睡了一夜，常世一早醒來便開始尋找父親。她遇到的第一個人是個漁民。「我是武士織部島的女兒。」她說：「我從遙遠的地方過來尋找家父，您能告訴我，他在哪裡嗎？」漁夫回答她：「我沒辦法幫你，我不認識你父親。不過我勸你最好別再探問他的下落，你會惹禍上身的。」

　　常世被迫在島上到處流浪，她已經花光所有的錢，只能靠乞食為生。一天晚上，她看見一座離岸有些距離、蓋在海中岩石上的小廟，她奮力游過去，跪在佛像的面前，祈求能夠找到父親。最後，體力耗盡的常世倒了下來，在廟前沉沉睡去。

　　不知過了多久，常世被一陣奇怪的掌聲和哭聲吵醒。月光下，一名老僧一邊拍著手一邊念誦，身旁還有一名年輕女孩在哭，兩人都穿著飄逸的白袍。僧人念完經，領著女孩來到岩石邊。在他正要將女孩往大海推下去的那一刻，常世跳起來衝了過去，抓住女孩的手臂，及時救下她的性命。

　　老僧訝異的看著常世，悲傷的嘆了一口氣，說：「看來你才剛來到這座島上，否則你就會了解我為什麼必須做出這麼可怕的事了。我們的島被惡魔詛咒了，那是一條叫『夜船主』的深海大蛇。每年的這一天，夜船主便要求我們把一名少女扔進海裡做為祭品。如果不照做，他就攪亂海上的風雨，溺死漁民、害作物無法收成，讓我們挨餓一整年。為了拯救島民，我們只好犧牲少女的性命。」

　　常世仔細聽著，用心思索。「上人，我明白了，我為你們感到難過。」她說：「放這名女孩走吧，我來代替她。我是武士織部島的女兒，他被流放到這座島上，我來這裡就是為了尋找他，但始終無法找到，我想是時候放下所有的牽掛了。我自願成為祭品，只求您能代我將這封信帶給我父親。」

　　說完，常世跪在廟前，祈求佛陀賜與她勇氣和力量：因為她並不想單純成

為祭品,而是打算殺掉這條邪惡的大蛇,為這座島嶼除害。她從腰上抽出一把有著珍珠刀柄的短刀,那把刀原本是由她爺爺傳給她父親的,現在則是她唯一擁有的珍寶。常世將短刀咬在齒間,像採珠人似的躍入海中。

她穿過清澈的水域,像魚一般不斷往下游,抵達海底,來到一個有著閃亮珍珠和貝殼的洞穴前。常世往洞裡窺望,只見有名男子直直站在裡面,於是她大膽的游向前去,手中緊握著短刀,準備攻擊,但那人還是動也不動。常世發現那其實並不是人,而是一尊北條大人的木頭雕像。一開始,她十分憤怒,揚起刀子打算對雕像洩憤,可是,那又有什麼用?「不行,」常世心想,「與其毀了這尊雕像,我應該以德報怨,救起這雕像。」

於是她解下袍子上的衣帶,纏住泡在水裡的木雕,綁在背上,奮力游出洞穴。就在她來到洞口時,看到了極為可怕的景象——一條有對黃眼睛、長著利爪的可怕大蛇怪物,背上滿是閃閃發光的鱗片——這一定就是邪惡的夜船主了,牠正準備吞下這個做為牠祭品的少女。

大蛇緩緩向常世游去,常世也蓄勢準備攻擊。夜船主猛然張開巨口撲向常世,女孩快速揮動短刀,將怪物的右眼刺瞎,讓牠痛得扭著身子,企圖游回安全的洞穴裡。但眼睛被刺瞎後,夜船主找不到退路,常世利用這個大好機會,火速持刀刺向牠的心臟。大蛇吐出最後一口痛苦的喘息後,一命嗚呼了。

夜船主死了,常世十分開心,小島終於可以恢復安全了。她憋著氣,把衣帶的另一端綁到怪物的脖子上,將大蛇拉上水面。站在岸邊的老僧和女孩,看到有人掙扎著浮出洶湧的海面時,驚訝極了。

「是常世!」女孩大喊:「是那個代替我成為祭品的女孩,我認得她的袍子!但她身邊好像帶了一個男的和一條大蛇?」老僧趕緊衝了過去,將筋疲力盡的常世從水中拖出來。

　　不久，全島的人都聽到這個好消息——夜船主死啦！大夥盡情慶祝。北條大人的雕像和怪物駭人的頭顱被送進城裡，一同進城的常世受到了英雄式的歡迎。

　　北條大人收到了報告，得知常世不怕死的壯舉，神奇的是，一直受到怪病折磨的大人，在聽說這個故事後，病痛竟突然不藥而癒了。

　　「您的雕像在扔進大海前，曾受到詛咒。」大人身邊最聰明的諫臣告訴他：「常世找到雕像，咒語也解除了，是該好好謝謝她。」

　　「我確實欠她一份大大的人情。」北條大人問：「這位常世究竟是何人？」

　　「她是織部島的女兒。」有人答說。

　　「織部島？」他微微一笑，「那麼我應該將他立刻釋放。」

　　於是，幸虧有常世冒險犯難的勇氣，父女倆終於歡喜團圓了。他們帶著北條大人的祝福，以及他所賞賜的豐厚財富，啟程回家。

小莫莉智取大巨人

改編自英國傳統童話故事

從前從前，在英國有位姓「沃彼」的男人，他和妻子生了許多孩子，餵養的壓力壓得他們喘不過氣，因此夫婦倆只好帶著最小的三個女兒，凱蒂、珍妮和莫莉，到幽暗的森林深處，將她們獨自留在那裡。

三個小女孩手牽手四處亂走，希望能找到回家的路，可是很快的，她們便失去了希望。她們既害怕又飢腸轆轆，眼看天都快黑了，就在此時，她們看見雜亂的樹林裡，透出一縷光。

「你們看。」莫莉說，她年紀最小，卻跟獅子一樣勇敢。「那一定有人家，也許他們可以讓我們借住一晚，也可以給我們一些食物吃。」於是三姊妹跑去敲門，看到開門的是一位極高大的壯碩女人時，她們都吃了一驚。

「你們想幹麼？」女人垂眼看著她們。

「我們迷路了，肚子好餓。」莫莉回答：「可以讓我們進屋，吃點東西嗎？」

「我要是你們的話，可不敢這麼做。」女人說：「我丈夫是個巨人，若被他發現你們在這裡，他會殺掉你們，把你們全吃了。」

「求求你。」莫莉哀求說：「我們實在太餓了，請讓我們待一會兒，我們會趁你丈夫回家之前離開。」於是，巨人的妻子讓女孩們進屋，但就在她們剛拿著麵包和牛奶，在火爐邊坐下時，巨人便闖進門來。

巨人個子非常高壯，頭都頂到天花板了，就連手腳也跟鏟子一樣大。「嘿嘿喝，」他用宏亮的聲音說：「我聞到人類的血肉味啦！老婆，是誰來到我們家啊？」

「噢，不過是幾個小姑娘，」他妻子回答：「她們一吃完點心就會離開。」

巨人咧嘴一笑，露出滿口大牙，然後重重坐到自己的椅子上，吃了一大份餐飯──那份量相當於二十個人類男子的食量。他吃完後，大聲打了個飽嗝，然後盯著三名害怕的女孩。「可憐的孩子，」巨人低吼說：「你們看起來又怕又累，我堅持各位留下來住幾天。我很會烘焙的，明天我幫你們烤點好吃的。」

巨人的妻子帶她們走上木梯，來到滿是灰塵的閣樓，那裡有一張大木床。女孩們爬上床時，女人對她們咯咯笑說：「好好睡吧。」說完，便踩著重重的步伐下樓了。

女孩們非常害怕，但她們實在累壞了，不久就都沉沉睡去──除了小莫莉，她猜想巨人應該不懷好意，於是像隻小老鼠一樣悄悄溜下床。她偷聽到巨人在樓下廚房裡，一邊笑，一邊磨刀。

「他打算吃掉我們！」莫莉小聲對自己說。她知道不能耽擱時間，便趕緊叫醒兩個姊姊，她們必須趁巨人上樓之前逃跑才行。莫莉的腦袋飛快的轉著，如果她能分散巨人的注意力，讓他離開樓梯和前門，她們三個就有機會逃出去了。

聰明的莫莉從腳上脫下一隻鞋子，往閣樓窗口扔出去，鞋子重重落地。她聽到巨人嘀咕，說外頭也許有頭美味的鹿，接著看到巨人邁步繞到屋子後方查看。

莫莉和姊姊們手拉手偷偷溜下樓，走出前門，在森林裡拼命狂奔。她們看到一條以單根頭髮做成的怪橋，三人決定過橋，然後往下游走。走了一夜，隔天早晨她們來到一棟漂亮的房子前──那是國王的房子。

「我們不能進去。」凱蒂說：「我們連頭髮都沒梳，而且你只穿了一隻鞋。」但莫莉不在乎，她連門都沒敲，就直接走進屋裡，把她們的悲慘遭遇告訴國王。

「小莫莉啊小莫莉，」國王終於開口說：「你是個非常勇敢的女孩，這點我非常肯定，但對於這個殘害我國人民多年的巨人，我覺得你還沒發揮出你的真本領。我要請你回去，將巨人掛在床上的大劍偷來，這麼一來，巨人對人民的危害就能大大消減了。到時我一定盡我所能，賞給你大姊凱蒂任何她想要的東西。」

「我一定全力以赴。」小莫莉勇敢的回答說。第二日，小莫莉穿著皇后送她的新靴子，奔回巨人的房子，趁著巨人外出打獵、巨人妻子沒注意時，躲到巨人夫婦的大床底下。

　　小莫莉苦苦守候，沒有發出半點聲音，直到巨人夫婦吃完晚餐，上床睡到鼾聲震天，她才溜出來，靜悄悄的站到床上，伸手探到巨人上方。就在她抓到那把劍時，劍敲到床頭發出響聲，把巨人吵醒了。莫莉拼盡全力奔跑，直至抵達用一根頭髮做成的橋邊。身體十分輕盈的莫莉可以直接跑過髮橋，但巨人太重了，無法追上。他被拋在後方，氣得揮舞著大拳頭尖叫。

　　莫莉把巨人的劍送給了國王，為凱蒂換取實現願望的機會。凱蒂表示想嫁給國王的大兒子；原來她在莫莉偷劍的時候，認識了大王子。凱蒂和王子不久後幸福的結婚了，但國王對莫莉的要求還沒有結束。

　　「小莫莉啊小莫莉，」他露出燦爛的笑容，「你做得很棒，但你還可以做得更好。你回去把巨人藏在他枕頭底下的魔法錢包偷來，只要你辦到了，如果你的二姊珍妮想要的話，我就讓她嫁給我的二兒子。」

　　「我一定全力以赴。」小莫莉回答後便出發了，她再次偷偷溜入巨人的屋中躲藏，耐心等待夜晚降臨。

　　等巨人和他妻子上床睡覺後，莫莉把手探到巨人的枕頭底下，但就在她準備拿走錢包時，裡面的銅板噹噹作響，把巨人吵醒了。莫莉再度拼命的飛奔過髮橋，而這次巨人同樣也只能乾瞪眼的站在橋邊揮拳。

　　莫莉把錢包交給國王，不久之後，珍妮和國王的二兒子結婚了。然而，國王還有最後一項任務要交給莫莉。「小莫莉啊小莫莉，」他說：「你一直以來都做得很好，但你還可以做得更加出色。回去把巨人手上的戒指偷來吧，你若是辦到了，就能嫁給我的小兒子。」

　　「我一定會全力以赴的。」小莫莉答說，準備展開這項最艱難的任務。

　　她再次來到巨人家，躲在床底下，直到聽到巨人夫婦發出鼾聲。接著她抬起巨人的手，小心翼翼的拉呀拉，直到將戒指拔下。就在莫莉準備把戒指戴到

自己手腕上時，巨人醒了，一把抓住她的手。

「終於逮到你了，小莫莉。」他憤憤的說：「這回你休想逃走。我為你烤了好多可口的蛋糕，你竟然連吃都沒吃，就很沒禮貌的跑掉了，後來你又偷了我的劍和錢包，現在我該怎麼處罰你呢？」

「要是我是你的話，」莫莉很快的回答他：「我會把我跟一隻貓和一隻狗，連同針線和剪刀一起塞到袋子裡，再把袋子掛到牆上。然後我會到森林裡找一根大棍子，用棍子重重打擊袋子，好好教訓一番！」

「這辦法太棒了，小莫莉。」巨人嘻嘻傻笑說：「就這麼辦！」

於是他拿來了一只袋子，把莫莉、一隻貓、一條狗、針線和剪刀，一起放入袋子裡，接著把袋子掛到牆上，留下妻子看守袋子，自己跑去森林找木棍去了。

「噢，這景象也太神奇了吧！」莫莉在袋子裡大聲喊。

「怎麼了？什麼東西很神奇？」巨人的妻子問。

「這是我見過最美麗的情景。」莫莉繼續說。

「我也要看。」巨人的妻子央求著。

「你得跟我一起進到袋子裡才行。」莫莉答道。

「我不敢把袋子取下來。」巨人的妻子哀號說。

「那我就幫你爬上來，鑽進袋子裡吧。」莫利哼唱著，接著她拿出剪刀，在袋子上剪了個洞，剛好夠她自己鑽出來。她將針線拿在手裡跳了出來，然後幫助巨人的妻子爬入袋子，再把破口牢牢縫合。

莫莉聽到巨人妻子在袋子裡，抱怨什麼都看不到，但她根本不打算理會，逕自躲到門後。不久，巨人回來了，手裡拎著一根大樹幹。他取下牆上的袋子，開始猛力捶擊。

「住手！住手！你這個笨蛋！」他妻子哭喊說：「是我呀，你的老婆！是我在裡面！」可是在吵雜的貓叫和狗吠聲中，巨人根本聽不到她在說什麼，直到他瞥見莫莉逃出門口，才停止敲打袋子。他再次追趕莫莉，來到同一座髮絲橋邊，莫莉又一次輕如羽毛的過了橋，將巨人困在橋的另一端。

「你偷走我的劍、錢包和戒指，」他憤恨的說：「現在又騙我，害我打了我老婆。要是你敢再到這附近來，我一定要你好看！」

「別擔心，」莫莉哈哈笑說：「我永遠不會再回來了。」

之後，她將巨人的戒指帶到國王面前。「我相信您的兒子一定很善良，但現在的我，並不想成為任何人的妻子。」她告訴國王：「不過，我倒是有份想要的工作。」

國王任命莫莉擔任探險隊隊長，小莫莉往後的人生，就在探索漫遊廣大的國境中度過。她擊退各種怪物，將發掘的新事物和有趣的寶藏帶回來給國王。她也沒再見過巨人了，但是她聰明機智、英勇過人的故事，被傳頌了許多許多年。

變裝騎士玫茲卡的考驗

改編自羅馬尼亞民間傳說

很久以前在羅馬尼亞，住著一名法術高超的老騎士。有一天，國家的最高領袖「蘇丹」，派了一名信差來到騎士的城堡。蘇丹正為一場即將開打的戰爭招兵買馬，他命令國內每位騎士都得為他服役一年零一天，若是辦不到，必須派兒子替代，否則就讓他們家族顏面掃地，並且處以死刑。

德高望重的老騎士因為身體太過虛弱，無法親自赴戰場，然而，他膝下也沒有兒子能代他出征。他有三名漂亮的女兒，她們是他的驕傲與喜樂，可是女孩子不被允許上場打仗，騎士沮喪到食不下嚥，即使女兒都圍繞在身邊，也無法找回笑顏。騎士唉聲嘆氣，搖著頭躺回床上。

大女兒絲妲尤塔跑來看他，「親愛的父親，您究竟怎麼了呢？」她溫柔的問：「您生病了嗎？還是我們做錯什麼了？」

「不是的，我的孩子。」騎士悲傷的回答說：「這不是你們的錯，我也沒

有生病。」他將蘇丹的命令告訴女兒，並請她保守祕密，別告訴妹妹。

「請放心，父親。」絲妲尤塔笑了笑，「我長得又高又壯，只要換上男裝，再將頭髮剪短，便能扮成您的兒子了！絕對不會被蘇丹識破的。」

想到女兒要隻身前往蘇丹的王宮，老騎士便驚懼不已，但頑固的絲妲尤塔不肯改變心意，因此，他便決定用自己的法術去勸阻女兒。絲妲尤塔剪去一頭長髮，老騎士從馬廄裡挑了一匹最好的駿馬給她，還將最堅固的盾牌和最愛惜的劍給了女兒，目送她騎馬離去。接著，他不顧渾身疼痛跳上坐騎，奔過田野，來到領地邊境的一座橋，他在那裡施展法術，將自己變成一頭藍色的野豬，躲在河邊的樹林裡。不久後，絲妲尤塔騎著馬過來，就在快抵達橋邊時，藍野豬朝她直衝而來，鼻孔裡還哼哼的吐著煙氣。絲妲尤塔害怕得放聲尖叫，一把拉緊韁繩，把馬兒掉頭，奔回了父親的城堡。

二女兒蘿桑達接著也跑去見父親，「父親，我們好擔心您。」她輕聲說：「您似乎非常悲傷。到底怎麼了？」老騎士把令他進退兩難的狀況告訴女兒，她跟姊姊一樣，懇求父親讓她喬裝成男生，前往蘇丹的王宮。

「求求您，父親。」她哀求說：「我會直接騎馬到王宮裡，不會讓任何野豬阻攔我。」蘿桑達立即剪斷她的長髮，這次父親把次好的良馬、次好的劍，和一面有凹痕的舊盾給了她，蘿桑達便出發了。女兒出發後，騎士從病床上跳下來，騎上馬，馳騁穿過田野，再次來到橋邊。他用法術把自己變成一頭紅獅子，躲在樹林裡。看到蘿桑達抵達橋邊，紅獅子發出令人膽寒的吼聲，朝她撲來。蘿桑達嚇得大聲尖叫，拉緊韁繩調頭，拼命疾馳回家了。

老騎士的小女兒玫茲卡，是三姊妹中最勇敢的一個。她跑去找父親，請求允許她代父去為蘇丹出征。「最最親愛的玫茲卡，」她父親愛憐的說：「我不能讓你去，你的姊姊們年紀比你大，也比你強壯，她們都失敗了，你又怎麼能

夠成功？乖乖待在家裡，陪我這個老人吧。」

　　然而，玫茲卡不打算放棄，她知道父親非常寵愛自己，也相信自己最後一定能夠成功。「父親，請讓我去吧。」她哀求說：「野豬和獅子都嚇不倒我。」

　　「我絕不許你去。」老騎士嘟嚷說，但在玫茲卡不斷哀求後，他還是說不過她，只好同意放她走。不過這回，老騎士只給了她一把鏽得最嚴重的劍、最舊的長槍、一面坑坑疤疤的盾，以及一匹退役已久、腳步搖晃的老馬。但興奮的玫茲卡絲毫不在意，她剪去長髮、換上男裝，迫不及待的出發了。玫茲卡離開城堡時，老騎士早已上路，他快馬加鞭的越過田野，來到橋邊，用法術將自己變成一條綠龍，然後同樣躲進樹林，靜臥著等候女兒。

　　不久，玫茲卡騎馬來到橋邊，綠龍立即撲了上來，還噴出團團的火焰。

但是，玫茲卡跟姊姊們不一樣，她並不慌張，也沒有將馬掉頭，而是策馬直朝綠龍衝去，手持長劍，準備迎擊。沒想到她還來不及揮劍，巨龍便站起來逃跑了。老騎士全身而退、回到城堡後，鬆了一大口氣。

至於玫茲卡，她沒有去追巨龍，而是直接過橋，馬不停蹄的趕路，抵達蘇丹的王宮。她進入王宮、走向蘇丹，彎身行了個大禮。「陛下，」她說：「我是老騎士的兒子，前來替父親償還您對他的恩情。」

蘇丹上下打量玫茲卡，覺得她看起來像個穿男裝的女孩，但他無法確定，便還是熱誠的歡迎玫茲卡加入他的騎士團。

幾週的時間過去，玫茲卡證明了自己是位優秀的騎士與射手，跟蘇丹手下的所有戰士一樣強。

儘管如此，對於玫茲卡究竟是男是女，蘇丹心裡依然充滿疑慮。於是，他跑去見一名智者老婦人，請她指點該如何查出玫茲卡的真面目。

「很簡單。」智者婦人咯咯笑，說：「等這位騎士外出打獵時，把商人召入宮裡，讓他們在大廳擺攤，一側展示最精美的衣裳和刺繡，另一側展示最精良的短刀和長劍。若那位騎士是女的，便會選擇漂亮的衣服；若是男的，則會直覺朝武器走去。」

蘇丹對這方法不是很有信心，但還是照著老婦人說的去辦，他把商人叫來，讓他們在大廳擺出自己的商品。然而，玫茲卡向來都對服裝沒有興趣，經過大廳時，她直接無視那些美麗的衣服，跑去看武器了。

蘇丹還是無法信服，又跑去找智者婦人。「叫你的廚子煮些蕎麥粥，」她告訴蘇丹：「然後在粥裡混一些珍珠。如果那武士是個女孩，便會挑出珍珠，將它們留下；若是男孩，便會直接把珍珠扔了。」

但這次聰明的老婦還是失敗了——玫茲卡跟當時許多女孩一樣，從來就

不懂欣賞昂貴的珠寶，只見她拿起自己的那碗粥，把珍珠挑出來，扔到桌子底下，當珍珠是一文不值的石頭。

蘇丹再次跑去見智者，因為他還是不肯相信玫茲卡是男的。「你在大廳地上撒滿花朵，然後把騎士團叫進來。」她說：「那位騎士若是女孩，便會輕輕踩在花上，或撿起花朵來做成花束；若是男生，便會重重踏過去，將花朵踩扁。」

蘇丹按照婦人的建議去做，然而玫茲卡經過大廳、要去吃飯的時候，邊走邊讀一本特別好看的書，她壓根沒注意到地上漂亮的花朵，將花踩扁在腳底下。

終於，一年零一天過去了，該是玫茲卡回家的時候了。她離開了騎士朋友們，跨上她的老馬，蘇丹親自出來與她道別。「你的功勞不小，」蘇丹對她說：「令尊一定以你為榮。不過，在你離開之前，我有最後一個問題——你到底是男是女？」

「偉大的蘇丹，」玫茲卡恭敬的回答：「那很重要嗎？我跟所有騎士一樣，都盡心為您守護國家了，不是嗎？」

「可是，」蘇丹追問：「假若你是女的，你是如何通過我所有考驗的？」

玫茲卡根本不知道蘇丹曾經試探過她！她問蘇丹是哪些測試，蘇丹跟她說完後，玫茲卡哈哈大笑，笑到滿臉都是眼淚，而且因為笑得太厲害，她還跌下了馬，那頭已經長回來的長髮，披落在她肩上。

「您也太老派了吧。難道您不明白嗎？」玫茲卡說：「現在的男生和女生，大家都各具特色，喜歡的東西也不盡相同——您有許多男性騎士，也很愛漂亮衣服和珍珠呢！」說完，玫茲卡策馬全速奔往她父親的城堡，那裡已經備好一場豪華盛宴了。

自從那天起，羅馬尼亞的每位騎士，都向玫茲卡和所有女性，展現了最大的敬意。

破破公主的祕密

改編自挪威傳統童話故事

從前，挪威的國王與皇后，因為膝下無子而十分難過。皇后老是對丈夫抱怨著，偌大的皇宮裡沒有小孩四處奔跑，生活多麼寂寥單調。同樣感到失落的國王建議皇后，邀請她的兩位姪女過來住，不久皇宮中便充滿了歡笑聲，皇后也終於露出了笑容。

一天，皇后看著她的兩個姪女在皇宮院子裡玩耍、摘花，這時，一名乞婦帶著一個全身穿著破舊衣服的小女孩經過，小女孩很快就跟皇后的姪女們玩在一起。「你不該跟我姪女玩。」皇后對身穿破衣的小女孩生氣大喊：「不管你是誰，快滾開！」

「你要是知道我母親有魔法的話，就不會那麼說了。」乞丐女孩說。

「她能有什麼魔法？」皇后憤怒的問。

「她能施法幫助人們懷上孩子。」乞丐女孩說。

「去轉告你的母親，說我想跟她談談。」皇后命令女孩：「現在就去！」

於是，女孩將正在皇宮門口賣雞蛋的母親帶了過來，皇后見到婦人，對她說：「你女兒說你有特殊的魔法，能幫我懷上孩子。」

「呃，」婦人驚訝的回答：「我確實可以辦到，但要施展這魔法，您必須付出黃金做為代價。」皇后隨即數了五枚金幣，交給了乞婦。

「這樣應該足夠了。」婦人搓著手說：「我確實知道一個可能可以幫助您的咒語，但您必須仔細遵守我的指示。」

「好，好。」皇后急切的點著頭。婦人接著說：「在您上床之前，叫僕人打兩桶水來，您在兩桶水裡清洗身體，然後把水潑到床底下。等到早上再往床底下看，便會看到兩朵花──一朵美麗的紅花、一朵像是雜草的棕色花。您得把紅色的花吃掉，留下棕色的那朵。」

當晚，皇后完全按照女人指示去做，到了第二天早晨，真的在床底看見兩朵綻放的花。皇后吃下紅花，吃起來如此甘甜，害她忍不住也把棕色花給吃了。

之後，皇后驚喜的發現自己懷了雙胞胎，再過不久，寶寶出生了。第一個寶寶是個長相奇怪的小女孩，她手持一根木湯匙，騎著一頭山羊，一出生便大吼大叫的喊著：「媽媽！媽媽！」

「如果我是你媽媽，」皇后說：「我祈求上帝給我改過自新的機會。」

「噢，別擔心。」小女孩大聲說：

「還有一個女孩會在我之後出生——你會更喜歡她的！」果然，第二個寶寶也是女孩，長得非常漂亮甜美，是個名副其實的小公主。

兩個雙胞胎姊妹有如黑夜與白晝般不同，妹妹有禮又溫柔，姊姊則嗓門大又笨拙。她們的母親以姊姊身上所穿的破衣，將她命名為「破破」，然後為妹妹取名「黛西雅」。姊妹倆從小就相親相愛，如影隨形。

幾年後，在雙胞胎年約十九歲時的聖誕夜，皇后起居室外的走廊，突然傳來可怕的撞擊與敲打聲。

「什麼東西那麼吵？」破破問，而皇后只淡淡的回答：「沒什麼，別擔心。」但破破還是不斷追問，最後皇后只好向她坦白。「是山怪。」皇后憤憤的說：「每隔幾年他們就會跑來皇宮作亂，而且總選在聖誕節。我們一點辦法都沒有。」

「豈有此理！」破破回答：「我去把他們趕走。」

「你千萬別去惹他們！」皇后大喊：「山妖跟野獸一樣危險。」

「我才不怕區區幾個討厭的山妖呢。」破破說著便跳上她的山羊，揮舞著木湯匙，叮囑皇后關緊所有皇宮的門，便出發去迎戰山妖了，她用木湯匙痛擊他們，山妖逃之夭夭。

但就在這時，黛西雅稍稍打開了門，想從門縫窺探外頭的狀況，結果唰一聲，一個老山妖跳了過來，砍下這位公主的頭，安上一顆貓頭。黛西雅只能手腳並用，奔回皇后的起居室，不停喵喵哀叫。破破回來看到妹妹變成這樣，氣憤的說：「我一定要把她的頭搶回來。」

破破衝進國王的辦公室，請求父親給她一艘上好的船和長途旅行的用品，帶著可憐的妹妹，出發前往山妖的地盤。

在破破的指揮下，她們乘著強勁的風，很快就來到了山妖的地盤。破破讓

　　黛西雅留在船上，自己騎著山羊來到山妖的房子，透過一扇敞開的窗戶，她看到妹妹的頭顱掛在牆上。

　　破破騎著山羊躍窗而入，一把搶過頭顱，隨即往船所在的方向奔逃而去。一群山妖尖叫著追上來，像憤怒的蜂群般圍在她四周，但山羊用銳利的角將他們撞開，破破也揮動木湯匙拼命攻擊，山妖只得被迫放棄。破破安全的回到船上，將黛西雅的頭放回去，讓妹妹恢復原本的模樣。

　　後來，兩姊妹沒有直接開船回家，而是決定一起攜手探索世界。某一天，她們來到一片美麗的國境，國王和他的兩名王子看到這艘陌生船隻，忍不住猜想船主是誰。國王的長子匆匆跑來迎接陌生訪客，他一看到美麗的黛西雅，便愛上了她。「你願意嫁給我嗎？」王子問黛西雅。

　　「只有我姊姊也結婚了，我才要嫁人。我不會丟下她獨自一人的。」黛西雅回答說。王子看向破破，覺得她看起來粗魯又骯髒，誰會想娶她呀？他絞盡腦汁，想出邀請姊妹倆到城堡參加盛宴的計畫：原來王子糾纏了弟弟一天，求他到時照顧破破。二王子也覺得破破看起來髒兮兮的，根本不想理她，但他既然答應了哥哥，就只能「同意」給破破一次機會了。

　　收到盛宴的邀請後，姊妹兩人回到船上，黛西雅穿上了新衣，把頭髮梳理到閃閃發亮。「你何不借穿我的衣服？」她問姊姊，但破破拒絕換掉身上的破衣。「不用了，謝謝。」破破答說：「我以自己原本的樣子出席就好。」

　　國王派兩位兒子去迎接公主們，還派出兩匹漂亮的白馬給兩姊妹騎。黛西雅騎在大王子身旁，兩人看起來登對極了。破破則跟在後頭，在二王子旁邊，騎著她忠誠的老山羊。

　　「你不太說話。」破破首先打破沉默。

　　「有什麼話好說的？」二王子鬱卒的回答。「除非你可以告訴我，」他很

快補上加了一句，「你為什麼要騎那頭難看的山羊？」

「你確定牠是一頭難看的山羊？」破破反問：「還是你一生中見過最美的駿馬？」她的話一說完，山羊立即變成一頭雄壯威武的駿馬。

王子驚訝不已，繼續問道：「那你為什麼拿著那根木湯匙？它究竟有什麼用處？」

「這真的是一根木湯匙嗎？」破破又問：「還是一根魔法棒？」她說著，轉眼間木湯匙就變成了一根尖端鑲有紅寶石的魔法杖。

王子更加吃驚了。「最後一個問題。」他說：「你為何要穿破爛的連帽斗篷，不穿像你妹妹那樣的漂亮衣服？」

「這真的是破爛斗篷呢？」破破回答：「還是一頂黃金皇冠呢？」只見破破的斗篷，也瞬時變成一頂閃閃發光、鑲著珍珠的金色皇冠。

之後兩人默默騎了一會兒，破破再次開口問王子：「你不想問我，為什麼我的衣服上都是泥土和煤煙嗎？」

王子笑著回答：「不了。既然你自己選擇那樣穿，那對我來說就夠了。如果你想換掉衣服，隨時可以像剛才那樣做。我只希望你能自在的做自己。」

這時，破破的髒衣服變成了漂亮的銀色長袍，泥巴和煤煙的痕跡也都消失無蹤。黛西雅轉過身，嚇得倒抽一口氣，「破破，你怎麼變得不一樣了？」

破破對妹妹微微一笑，「這才是我真實的模樣，而你是唯一不在乎外表、愛我本質的人。」

二王子被破破的美貌迷得神魂顛倒，他立刻向破破求婚，但破破婉拒了，「真正愛我的人，是在我騎著老山羊、穿著破衣時，也會愛我的人。」

說完，她便向心愛的妹妹和王子們道別，逕自騎著她的坐騎，奔赴下一場冒險。

依瑪妮公主與魔扇

改編自印度民間傳說

許多年前，印度有個名為「吉里旭」的國王，他共有兩個女兒，名叫「珂普堤」與「依瑪妮」。有一天，國王問大女兒珂普堤說：「女兒啊，你願意將你的生命和財富全交給我嗎？」大公主回答：「當然願意了，父親。」

接著，國王問了小女兒依瑪妮同樣的問題，沒想到卻得到了不同的答案。「不行，父親！」她大聲喊說：「我想用自己的方式，活出自己的人生。」

「哼。」吉里旭王皺著眉頭說：「那我們就走著瞧吧。」他決定給依瑪妮一個教訓，便派人去找來一位住在破棚子裡的窮苦老僧。「我的小女兒想按她自己的意思過活。」吉里旭國王告訴高僧：「您年邁體弱，幾乎無法行走，相信一定很樂見有人可以幫忙照顧你。因此，我決定派我的小女兒來照顧你。」

不久後，依瑪妮跟著高僧回到他居住的棚子。這裡實在很不適合公主居住，但依瑪妮對這項任務很有信心。「您有任何剩下的錢嗎？」她問高僧說。

「有一分錢。」高僧答道。公主請高僧將錢交給她，並請他去向別的人家借織布機和紡車。高僧蹣跚走進村子裡，依瑪妮則去市集買油和粗糙的亞麻紗。她回到棚子後，把油揉到老僧不良於行的腿上，然後坐到紡車旁，紡出前所未見的細紗，接著坐到織布機前，把線紗織成最美麗的布匹。「把這塊布拿去市集賣，」依瑪妮告訴高僧：「賣兩枚金幣，低於這個價錢就不賣。」

不久後，珂普堤公主在經過市集時，看到這匹漂亮的布，便高高興興的付了兩枚金幣買下。自此之後的每一天，依瑪妮都會買油幫高僧按摩雙腳，並織布到市集販賣。慢慢的，老僧的腿逐漸康復，依瑪妮所織的布匹也打出了名號。他們付了錢給好心借他們紡車和織布機的婦人，並買了堅固的新織布機。依瑪妮發現自己很有設計漂亮布紋的才華，她織的新款布料在市集廣受歡迎，很快的，地板上他們挖來存錢的凹洞，便滿滿都是金幣了。

「我們已經存夠錢，能蓋新房子了。」公主說。她找來建築工人，打造出國境內屈指可數的華美房舍。國王也注意到了這棟房子，並得知原來房屋主人就是他的女兒。「好啊，」國王驚呼：「她辦到了，她靠自己掙得財富了。」

幾個月後，吉里旭國王必須出訪遠方的杜爾國，他在出發前，問珂普堤公主，希望他帶什麼禮物回來送她。大公主答道：「一條紅寶石項鍊！」

吉里旭同樣也派了信差去問依瑪妮，當時依瑪妮正忙著解開紡車上的結。當信差問她想要什麼禮物時，她答說：「耐心！」其實依瑪妮的意思是，信差應該耐心等她解開線結再問，但信差誤把這當成她的答案，匆匆趕回國王身邊稟報。

「耐心？」吉里旭國王困惑的說：「我不知道要去哪裡買耐心。」

第二天，國王出發了。忙完國務後，他為珂普堤買了一條紅寶石項鍊，並派僕人去市集買耐心。小販都在嘲笑僕人，叫他別傻了。沒多久，那名僕人奇

怪的詢問，傳到了年輕的杜爾國國王耳裡，他命人把僕人找來，想聽聽他的故事。「如果公主要的是耐心，」國王笑說：「我知道要上哪找，不過，那不是拿來賣的。」

原來，杜爾國的國王名叫「蘇巴爾汗」，而「蘇巴爾」的意思就是「耐心」──但僕人沒聽懂國王的笑話。他急忙開始跟國王描述依瑪妮公主多麼聰明、有才華又勤奮，希望國王能改變心意，賣給他一些耐心，好讓他回去跟吉里旭國王交差。

「夠了，夠了！」蘇巴爾汗國王大笑說：「我來看看能怎麼辦吧。」說完，他取來一個金盒子，裡面放了一把漂亮的羽毛扇。國王對僕人說：「這個盒子沒有上鎖，不過唯有真正需要裡面物品的人，才能打得開。那人將收獲名為『耐心』的禮物──雖然那可能不是他們期待中的那種耐心。」

僕人歡天喜地的接過盒子，想要付國王錢，但蘇巴爾汗不肯收。

等到吉里旭國王回國，他派了信差將盒子送去給依瑪妮。「這是什麼？」依瑪妮訝異的問：「我沒向父王要任何東西呀。」
但她還是收下了盒子，並拿給老僧看。

老僧試盡各種辦法，都打不開那盒子，只好把它遞還給公主。然而，公主輕輕一掀，盒蓋竟然就立即打開了。看到裡面躺著一把扇子，依瑪妮取出扇子，開始用扇子搧風，搧了三下之後，突然一個人形突然浮現──是杜爾國國王，蘇巴爾汗！

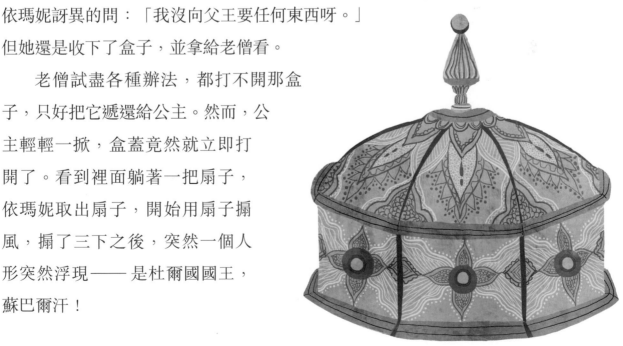

「先生，請問您是何人？」老僧問。

「我是杜爾的蘇巴爾汗國王。」國王回答說：「是公主召喚我來的。」

「我才沒有召喚你。」依瑪妮大聲喊說：「我這輩子從沒見過你。」

蘇巴爾汗向依瑪妮解釋，她父王的信差是如何前來向他購買耐心，而他又是如何把盒子與扇子給了信差。「這是一把魔扇，」他解釋說：「搧三下，便能召喚我，然後在桌上敲三下，就又能把我送回去。」

依瑪妮當下就想送國王回去，但高僧很高興、也很希望這樣的貴客能夠時常到來，尤其又是一位精通棋藝的客人。就這樣，蘇巴爾汗與依瑪妮漸漸變得親近，兩人有過無數次的暢談，從彼此身上學習到很多。依瑪妮發現自己愈來愈常召喚國王了，最後她還在家中為了國王安排了一個專屬的房間。

當珂普堤聽說有位英俊聰明的國王，經常拜訪妹妹，心裡十分嫉妒。她跑去看依瑪妮，假裝想參觀妹妹的新房子，卻偷偷溜進了蘇巴爾汗的房間，在他的床單下撒上有毒的玻璃碎片，然後若無其事的離開了。

那晚，蘇巴爾汗跟平時一樣被依瑪妮召喚到家裡，他們一起下棋、聊天，直到深夜才上床睡覺。蘇巴爾汗一躺上床，就感覺到上千根玻璃細刺扎進他全身，他從頭到腳開始感到灼燒。到了早晨，他依然痛苦不已，但他什麼都沒說，直到依瑪妮敲扇子送他回家，才找來國內所有優秀的醫生為他治療，不過還是沒人知道他究竟怎麼了。國王的身體漸漸衰弱，病到僅剩最後一口氣。

這段期間，依瑪妮和高僧擔心不已，因為無論他們搧了多少次魔扇，蘇巴爾汗都不再出現了。公主再也受不了，決定喬裝成年輕的僧人，親自去一趟杜爾國。

一天晚上，她來到一片密林，準備躺在一棵大樹下睡覺，但她輾轉難眠，只好靜靜躺著。後來，她聽到兩隻猴子在樹上吱吱喳喳的談話。「晚安啊，朋

友。」其中一隻猴子說：「你是從哪裡來的？可有帶來什麼消息？」

「我是從杜爾來的。」另一隻猴子答道：「我有個壞消息——我們的國王快死了，聽說他被碎玻璃毒傷了。」

「可惜所有醫生都不曉得，那種毒要拿這棵樹的莓果，用藥浴法治療。」第一隻猴子說：「把藥混到熱水裡，讓國王泡進去，不用三天，包準能治好他。」

依瑪妮等到天亮、猴子都離開後，盡速採集了樹上的莓果，並趕到杜爾的市集。「賣藥喔！」她高聲叫賣著：「包治百病，無效退錢！」

「不知道這能不能治好我們的國王？」一名男子說。「值得一試。」男子的友人說。於是他們把依瑪妮帶到皇宮，宣稱有位新來的醫生可以醫治國王。

依瑪妮看到國王時嚇了一大跳，沒想到他變得如此削瘦蒼白。她快速的把藥準備好，拿給國王的侍從，指示他們讓國王泡藥浴。眾人驚喜的發現這藥具有神效，幾週以來，國王首次一夜好眠；第二天，國王恢復了食慾；第三天，國王雖然還是有些虛弱，但終於可以起身；到了第四天，國王已經可以下床走動，坐到自己的王座上了。

「把那位醫生帶來見我，」他告訴僕人：「我想感謝他救我一命。」

依瑪妮出現時，國王沒有認出她來。國王很訝異如此年輕的人，醫術竟然這般高明。他嘗試以金錢和珠寶酬謝，但依瑪妮只肯收下國王的戒指，與一條漂亮的絲巾。

等依瑪妮回到家後，她告訴高僧所有發生的事，然後搧起扇子，召喚蘇巴爾汗。蘇巴爾汗向她解釋自己這麼久不曾前來的原因，並滿口稱讚那位成功治癒他的年輕神醫。聽到這裡，公主打開櫃子，拿出戒指和絲巾，「這些就是你送給那位醫生的謝禮嗎？」她面帶微笑的問。

　　「沒錯！」蘇巴爾汗驚訝的說，隨後他就明白了究竟是怎麼回事。他請依瑪妮和高僧搬到杜爾，並邀請依瑪妮到皇家大學受訓，擔任他的御醫，而他和高僧也能每晚一起下棋了。依瑪妮與高僧同意了，三人從此快樂的生活在一起。

瑪達與山中隱士

改編自北美洲原住民海達族的傳說

加拿大外海的一座島上，住著一位海達族的公主，她是酋長的大女兒，名叫「瑪達」。瑪達的自尊心很強，而且相當活潑——甚至有些人覺得太活潑了。瑪達的父母希望她早點能結婚，安定下來，但瑪達卻有別的想法：她喜愛赤腳，自由的沿著海灘奔跑、在山徑上漫遊。雖然常有追求者來村子裡向她求婚，卻都被瑪達拒絕了。

瑪達的奶奶有個寶貝盒子，擺滿用晒乾的海帶盛著的鯡魚卵，海達族稱這種傳統美食為「卡瓦」。奶奶原本打算把卡瓦留給到訪的客人吃，但她太疼愛兩個孫女了，所以總是偷偷拿給瑪達和她的妹妹奇莎吃，再假裝是狗吃掉的。

有一天，就在奶奶剛把當年最後一批可口的魚卵餵給孫女時，傳來了消息——又有瑪達的追求者帶著家族，乘著刻有美麗圖紋的獨木舟抵達了岸邊。

瑪達的父親派手下將訪客帶到他漂亮的雪松木屋，自己穿上最好的袍子，

命族人表演傳統的和平迎賓舞。瑪達的母親跑去取卡瓦，給客人在正式餐宴前享用，但當她向奶奶要卡瓦時，奶奶卻告訴她，最後一片卡瓦已經被吃掉了。

「被狗吃掉了。」奶奶跟平時一樣回答說。「真的嗎？」瑪達的母親一邊懷疑，一邊瞄向兩個坐在附近的女兒，「你們知道是怎麼回事嗎？」

瑪達和妹妹無法回答──因為她們的嘴巴塞得太滿了。「張開嘴！」母親對瑪達大吼，她看到瑪達嘴裡的卡瓦，「這女孩實在太貪吃了！」她氣極敗壞的說：「你乾脆嫁給可怕的山中老隱士好了──他屋裡向來擺滿食物。」

母親的責罵令瑪達又生氣又難過，那天晚上，瑪達上床時，悄聲對妹妹說：「我要去嫁給山中隱士。至少他住的地方，離我們凶狠的媽媽跟這些煩死人的追求者很遠。」奇莎附和道：「如果你要去，我也跟你一起去。」

於是兩姊妹把長長的木盤子擺到床上，再蓋上毛皮製的袍子，堆好形狀，裝成她們還在睡覺的樣子，偷偷溜出門，進入黑漆漆的森林。

隔天早晨，母親沒看到兩個女兒，便親自去叫醒她們。「起床了。」她邊說邊搖著其中一堆毛皮，「客人都在問你們倆跑去哪兒了。」她掀開其中一條毛皮被，再掀開另一條……結果只看到空空的床鋪。

公主們逃跑了！部落裡的大夥立即派出一群獵人去找人，但兩姊妹迅速躲到樹上，避開眾人的視線。等獵人往森林更深處推進時，兩個女孩才跳下樹，用最快的速度往山上直奔過去。

「我快餓扁了。」妹妹奇莎說。「等我們到了，就會有很多東西吃了。」瑪達回答說。又累又餓的兩個女孩，繼續攀著陡峭的山坡，不久，她們看到一隻想爬上大樹墩的小老鼠。「可憐的小老鼠。」奇莎疲倦的說。

「去吧。」瑪達輕輕把老鼠放上樹墩，就在這時，她們聽到一個尖細的聲音說：「進來，進來。歡迎光臨寒舍。」女孩們才注意到，樹墩其實是一間小

房子，有花俏繁複的雕刻裝飾。

「是鼠婆婆！」小公主奇莎開心的尖叫，因為鼠婆婆很有名，大家都知道她很有智慧，又會引導、照顧森林中的旅人。

「你們幫了我，」鼠婆婆説：「現在該我來幫你們了。」她準備了小紅莓和烤鮭魚給女孩們吃。「好了，親愛的。」她問：「你們怎麼會跑到山上來？」

「我母親説我應該嫁給山中隱士，」瑪達眨著眼睛答説，硬是忍住淚水，「因為她覺得我很貪吃，但我沒有……我要離她遠遠的。」

「我會帶你去找隱士。」鼠婆婆扭扭鼻子，細聲説：「但我得警告你們，他的房子有可怕的東西在看守著。」

「可怕的東西？」奇莎哀號著：「我想回家了。」不過，瑪達卻一點都不想回去，「鼠婆婆，請告訴我是什麼。」她説。瑪達比自己想像得更勇敢。

「我會告訴你，你將會遇到的三個危險。」鼠婆婆回答：「並給你克服那些危險的魔法。只不過，我恐怕無法跟你説第四個危險是什麼——你得親自解決。」鼠婆婆告訴瑪達，看守隱士屋子的是獵狗、水草和岩石，並給了瑪達三樣禮物——一把魔刀、一個磨刀石和一條魔法魚——瑪達全都好好收進了她腰間的袋子。

第二天、太陽剛升起時，瑪達便勇敢的沿著山徑出發了，奇莎緊跟在後。不久，兩隻不知從何而來、呲牙咧嘴的獵犬，朝她們撲了過來。瑪達把鼠婆婆給的魔法魚扔向牠們，獵犬一下就把魚吞下，瞬間變成了活潑可愛的小狗，追著彼此的尾巴玩耍。兩個女孩趁機從牠們身邊溜開。

接著，她們看到一片長滿雜亂綠色水草的山中湖，岸邊一棵覆滿厚苔的樹旁，停著一艘獨木舟。瑪達用魔刀切下一大塊青苔，塞進她的靴子。兩姊妹坐上獨木舟，她們在划舟渡湖時，一條條的水草開始從兩側逼近，就在獨木舟翻覆的前一刻，瑪達把靴子裡的青苔扔進水裡，水草立即向後退開，讓獨木舟安然渡過。

但她們還沒有脫離險境。在即將到達的彼岸，有兩塊相鄰的大岩石，會在她們經過時閉合起來，夾扁她們。當岩石開始移動時，瑪達把魔法磨刀石扔進兩塊岩石中間，石頭立刻縮回原位，兩個女孩便匆匆通過了。

她們最後來到一座開滿鮮花的山谷，山中隱士美麗的木屋就在那裡。這時，一名年輕男子從林子裡走出來，他身穿漂亮的毛皮服裝，手拿著一把獵弓。「歡迎啊，兩位公主。」他說：「兩位為何遠離家園，來到此地？」

「我是來嫁給山中隱士的。」瑪達答說。

「我就是山中隱士。」年輕男子說。瑪達很訝異；他一點也不老，而且看起來似乎很友善。他帶她們進屋時，瑪達對妹妹笑了笑。

隱士的屋子裡，甚至比外頭看起來更豪華，有精緻的雕刻和圖畫裝飾著，四處還擺放著許多裝有珍貴毛皮的大箱子，更別說那一大堆美食了。不久，餓壞的兩姊妹便開始埋頭吃了起來——這是她們吃過最美味的一餐了。

「我要出去打獵了。」之後，山中隱士拿起自己的弓說：「兩位在這裡請自便，但無論你們做什麼，都別往那片布幕後面看。」他指著一大片遮住房間

一角的布幕。姊妹倆面面相覷，她們都在想著同一件事──第四個危險！

　　山中隱士前腳剛走，公主們就聽到布幕後傳出吵鬧聲，而且還聞到烤肉的氣味。不過，空氣中還有其他東西，令她們不寒而慄，只能把身上的毛皮裹得更緊。

　　「說不定是個邪惡的老婆婆在煮東西？」瑪達壓低聲音說。

　　「可是我們不能去看。」奇莎嘀咕說：「對吧？」

　　山中隱士直到晚上才回來，接著第二天的一大早，就又出門去了。姊妹倆再次聽到聲音，也同樣聞到從布幕後飄來的菜香。這奇妙的現象，就這樣重複

了四天。「我們不能再繼續這樣下去了。」瑪達嘆口氣說：「我們必須面對第四個危險，無論那會是什麼。」

瑪達深深吸一口氣，抓起一根堅實的木柴，把布幕往旁邊一推，她看見布幕後有一個可怕的老巫婆，站在火堆前，不知道在煮什麼。巫婆有一頭長長的白髮，和一對邪惡的紅眼睛，她舉起動物爪子般的手，想把瑪達扔到火裡，但瑪達機靈的拿起手上的木棍，痛擊巫婆。最終巫婆被推入火堆裡，化成了一大團嗆人的黑煙，黑煙再變成一大群蟲子飛散，從此消失無蹤。

當晚山中隱士回來時，簡直樂壞了。「你們幫忙把長久以來，危害這座山的惡魔趕跑了！」他大聲喊說：「我真不知該怎麼答謝你們。」

現在四個危險都化解了，隱士帶著公主們返回她們家人所在的村子，同時帶上許多食物與上好的皮毛做為贈禮。在他們快要抵達家門時，聽到遠處傳來哭聲，姊妹倆看到自己的弟弟。弟弟大叫一聲，彷彿見到鬼一樣，「是姊姊！」他鬼叫著衝回家裡，「我看見她們了！」

「不可能。」他母親說，臉上盡是淚痕，「她們離開了那麼久，一定是死了。」就在這時，公主們在隱士陪同下抵達家門。她們緊緊抱住母親，答應再也不會逃家了。

「我還以為我們要結婚了，不是嗎？」山中隱士問瑪達說。

瑪達笑了笑，「如果我們結婚，只是為了讓我母親學到教訓，對我們兩個都不公平吧？我希望我們還能當朋友。」隱士同意了，於是他瀟灑的回到自己的山谷，並答應瑪達會偶爾來訪。瑪達則回去做她最擅長的事——光腳在海灘奔跑、在山徑上漫遊，以及跟奶奶、妹妹一起吃卡瓦。

尋找魔湖的蘇瑪

改編自南美洲印加帝國的傳說

很久以前，有一位很有權勢的印加皇帝，他只生了一個兒子。然而這個王子自小就體弱多病，皇宮裡的所有醫生試盡各種辦法想醫治他，但王子的健康還是隨著年紀增長而每況愈下。絕望的皇帝只好到廟裡祈禱，「偉大的天神啊，」他說：「請治好我的兒子。我年事已高，剩下的時間不多了。我兒子若也死了，誰來照顧我們的人民？」

皇帝靜靜的等待神的回答，突然間，他聽到祭壇前燃燒的聖火裡，傳來一個聲音。「仔細聽好了，」那微弱的聲音說：「派人到世界盡頭、與天際相接的魔湖裡取一杯水來，王子若是喝了這杯水便能痊癒。」

聲音消散後，火也跟著搖曳熄滅，接著在燃灰之中，出現了一個黃金水瓶。皇帝和他的妻子第一次對兒子的未來燃起了希望，但他們要如何取得魔湖的水呢？

年邁的皇帝無法親自踏上這趟險途，於是他發布詔令，有誰能在水瓶中裝滿魔湖的水，便有重賞。許多勇士響應他的號召奔赴遠方，可是沒有一個人能找到魔湖。幾週、幾個月過去了，金水瓶裡依然空空如也。

此時，在遠離皇宮的一個村莊裡，住著一對窮苦的兄弟，名叫「安庫」與「洛卡」，以及他們的妹妹和父母。他們一家靠種植玉米和馬鈴薯糊口。

一天，兩兄弟聽聞皇帝的詔令後，便跑去找父母。哥哥安庫說：「親愛的父親、母親，請讓我們去尋找魔湖、治癒王子，領取皇帝的獎賞吧。我們會在採收季節之前趕回來的。」雖然不放心，但他們的父母還是勉強同意了。

兩兄弟花了好幾個月的時間，搜尋全國各個角落。他們帶著桶子，找到許多大大小小的湖泊，可是沒有湖水具有魔力，也沒有湖是與天際相接的。不

久，採收時節到來，兩兄弟非回家不可了。

「我們不能空著手回去。」弟弟洛卡說。

「別擔心，」哥哥安庫回答：「我們經過下一個湖泊時，取一點水帶回去就行了。反正不會有人看得出差異，連皇帝也不能。但願王子能因此轉好，我們能拿到獎賞。」

後來安庫和洛卡來到了皇宮，把湖水拿給滿心感激的皇帝。皇帝急忙拿金瓶來裝，可是湖水在倒進瓶子的瞬間就消失了。

「陛下。」大祭司告訴皇帝：「這個金水瓶只能裝魔湖的水。瓶子告訴我們，您被騙了。」盛怒之下，皇帝把兩兄弟關進皇宮的地牢裡，逼他們喝下自己帶回來的湖水，告誡他們不能說謊。

皇帝派出信差，到國境內的每個地區再次發布詔令，但是這一回，他把賞金提高了兩倍。安庫與洛卡的妹妹蘇瑪，不顧她原本在照顧的羊駝群，匆匆趕回家，懇求父母讓她去尋找魔湖。「不行，不行！」她母親哭說：「你太小了，瞧瞧你哥哥們出了什麼事。我可不想再失去另一個孩子。」

「可是如果沒有人找到魔湖，王子就會死掉。」蘇瑪答說：「而且如果我成功了，說不定皇帝會赦免哥哥，做為獎賞。」蘇瑪的父母說不過女兒，最終還是同意了。蘇瑪立即出發，帶上一隻最小的羊駝作伴。她父親為她還準備了一袋烤過的玉米粒，讓她在路上吃。

第一天晚上，蘇瑪依偎在小羊駝身上入睡。到了夜裡，有一頭飢腸轆轆的豹不停吼叫，蘇瑪很擔心羊駝會被吃掉，於是天亮後，她只好先讓羊駝回家，自己繼續旅程。

第二天晚上，蘇瑪爬到樹上，遠離那隻豹，並把玉米分給幾隻麻雀後才入睡。早晨，她被麻雀的叫聲吵醒了。

「可憐的小傢伙。」其中一隻麻雀啾啾說：「她永遠找不到魔湖的。」

「我們必須幫她。」另一隻說。

「是呀。」第三隻麻雀吱吱喳喳說：「畢竟人家把玉米分給我們吃了。」

「拜託，請幫幫我。」蘇瑪打斷麻雀說：「我不知道要從哪裡找起。」

接著，每隻麻雀都給了她一根自己的羽毛。第一隻麻雀教蘇瑪把羽毛像扇子一樣握在手上，「我們的羽毛有魔力，」麻雀說：「它們會帶你到任何你想去的地方，並保護你不受傷害。」第二隻麻雀也說：「魔湖有三隻怪獸守護著，但是別害怕，把羽毛扇子舉在你身前，怪獸就沒辦法傷害你了。」

蘇瑪謝過她的新朋友後，從髮上取下一條帶子，把那些羽毛綁成羽毛扇，拿到嘴邊輕聲說道：「請帶我到世界盡頭的那片湖。」她發現自己被輕柔的風吹了起來，微風將她往上帶，直到她越過好幾座蓋著白雪的山峰。最後，微風讓她落在世界盡頭、一座美麗湖泊的岸邊，那裡的湖水與天空相接著。

蘇瑪手持羽毛扇，跑向魔湖。但等她來到水邊時，卻發現自己把所有的東西都留在森林裡了，包括用來裝水的瓶子。「我真希望我帶了水瓶來。」她後悔的說。

接著她聽到咚的一聲，便低頭望去，沙子上躺著一個黃金水瓶──就是皇帝在聖火灰燼中發現的那只瓶子。

就在蘇瑪跪下來，準備盛裝湖水時，身後傳來嘶吼聲。她轉過身，看到一隻巨大螃蟹，揚著一雙嚇人的螯。「這是我的湖。」螃蟹低吼說：「快滾開，否則我夾死你。」蘇瑪快速的攤開扇子，遮在自己臉上，螃蟹居然立刻闔上眼睛，陷入沉睡了。

蘇瑪再次跪下去盛水，這回她聽到湖裡傳來拍擊聲，一隻大鱷魚正用尾巴拍著水。「這是我的湖。」鱷魚吼說：「快滾開，否則我咬死你。」蘇瑪再次

用扇子擋住臉，鱷魚大聲打了個呵欠後，也沉下湖底，陷入了沉睡。

蘇瑪三度跪到水邊，這次她聽到空中傳來巨大的尖嘯，是一條吐著火、有豔紅鱗片的飛天巨蛇。「這是我的湖。」蛇嘶聲說：「快滾開，否則我燒死你。」看到這幅可怕的景象，蘇瑪再次攤開扇子，飛蛇隨即收起翅膀、落到地上，在岸邊睡著了。

在三隻可怕怪獸震耳的鼾聲中，蘇瑪快手快腳的把金瓶裝滿湖水，然後將扇子遞到唇邊，輕聲說：「請帶我到皇帝的皇宮。」話才說完，她便發現自己

出現在皇后的房間裡了，她看到小王子動也不動的躺在一張大床上，臉色無比蒼白。他的父母站在他身側悲傷的哭泣，因為這孩子就快要不行了。

蘇瑪筆直的走向王子，餵了他幾口湖水，魔法馬上生效了。重病的王子張開了眼睛，露出虛弱的微笑，幾分鐘後，他已經可以在床上坐起身了。「我感覺好多了。」他燦然一笑，「而且我好餓！晚餐吃什麼？」

「你救了我們兒子的命，我真不知道該怎麼謝謝你。」皇帝感激的對蘇瑪說：「這份恩情我們永遠還不清。你想要什麼，請別客氣，儘管開口。」

「您真的太慷慨了，陛下。」蘇瑪答說：「我有三個願望想求您允賜。首先，我希望我的兩位哥哥，安庫和洛卡能獲得赦免，恢復自由。」

「沒問題。」皇帝說，立即釋放了兩兄弟。「你的第二個願望是什麼？」

「我希望能將魔法扇的羽毛，還給森林裡的麻雀。」蘇瑪答說。然而在皇帝還來不及答應前，魔扇就已經自行展開，飄揚著飛出窗口，往森林飄去了。

「你的最後一個願望呢，勇敢的蘇瑪？」皇帝滿面笑容的問。

「我希望我父母能擁有一片更大的農田，和更好的住房。」蘇瑪說：「還有足夠的錢，能舒服的頤養天年。」

「沒有問題。」皇帝點著頭說：「但你沒為自己要求任何東西。你想要什麼，蘇瑪？」蘇瑪回答皇帝，她現在唯一想要的就是回到家人身邊，不過她也問了皇帝，等自己年紀夠大時，能否在皇宮裡找一份有趣的差事。皇帝答應了，並派出自己的侍衛，護送她和兩位哥哥安全返家。

此後，皇宮裡的黃金水瓶再也沒空過，不管喝掉多少魔湖的湖水，瓶子總是滿的。多虧了勇敢的蘇瑪，王子和他的子子孫孫，都擁有更健康的體魄。

當家巧媳婦馮冕

改編自中國民間傳說

多年以前，在中國鄉間，住著一位老農夫和他的三個兒子，其中兩個兒子已經結婚了，全家人一起住在一間窄小簡陋的房子裡。農夫的兩個兒媳，應月和如施，來自同一個熱鬧美麗的遠方村落，她們從小就是最要好的朋友。雖然她們都深愛自己現在的新家庭，也很高興能有彼此陪伴，但仍經常因為思念父母和手足而感到寂寞。

根據習俗，她們每次想回娘家，必須先徵求公公允許。不過因為她們太常要求回去了，讓老農夫開始覺得很煩，最後，他決定想個辦法，讓她們不再吵著回娘家。「你們老是要求我讓你們回去看父母，」他告訴媳婦們：「我若拒絕，你們就覺得我鐵石心腸。從現在起，我只會在一個條件下同意你們回娘家——你們必須帶點珍貴的東西回來給我。」

「當然好。」應月和如施不假思索的回答。

「很好。」農夫說：「我要你們其中一人給我帶點火回來，不過火得用紙包住；另一人給我帶點風，同樣也得用紙包好。如果無法帶回來給我，你們還是能回娘家去，但以後就永遠不許再回到這裡了。」

兩個媳婦想都不想就點頭同意，她們興奮的收拾行囊，在公公改變心意前出發，往娘家所在的村子走去。

這段路途很漫長，但她們只顧開心的談著回家後所有想做的事。走了很長一段路後，應月腳上的鞋帶斷了。她們坐在路邊試著修鞋時，突然意識到之前答應公公的事——她們根本不可能把火和風，用紙包著帶回家去啊！這下，她們永遠無法再見到心愛的丈夫了，不禁絕望的哭了起來。

半晌之後，一個年輕女孩騎著水牛經過，見她們一臉悲傷，便停下來問能否幫忙。「沒有人能夠幫我們。」兩人哭嚎說：「我們公公交代了我們一份不可能的任務。」

女孩堅持要聽聽她們的故事，等兩人說完後，女孩笑了。「我知道怎麼辦到。」她自信的說：「如果你們跟我回家，我就告訴你們答案。」

於是她們一起前往女孩的家，女孩拿了一個點著蠟燭的紙燈籠，和一把紙扇。「等你們把蠟燭點上，就有用紙包住的火了。」女孩說：「而當你們搧動扇子，就有用紙包著的風啦。」

「唉呀，謝謝你，謝謝你！」應月和如施大喊著：「真是感激不盡，幸好遇見了你！」之後，兩人便手舞足蹈的回到娘家，開心的待了一陣子後，買了紙燈籠和紙扇子回夫家。

老農夫看到兩個媳婦時，十分訝異。他責罵說：「我不是叫你們別回來了嘛？除非你們帶回了我要求的東西。」兩個媳婦說：「可是公公，我們確實把兩樣東西都帶回來了！」接著把紙燈籠和紙扇遞給老農夫。

「你們是如何破解謎題的？」他吃驚的喊道：「快告訴我！」媳婦便告訴了公公，她們如何遇見騎水牛的女孩，以及女孩是怎麼幫助她們。

「聽起來是個非常聰明的少女。」農夫自言自語：「說不定她跟我家小兒子會是天作之合。」

於是農夫傳訊去女孩家，詢問女孩的家人是否同意這件婚事。等一切都安排妥當後，便正式舉行了婚禮。這門婚事可說相當特別。

「因為我小兒媳冰雪聰明，」老農夫對老大夫妻、老二夫妻說：「以後就由她來當家吧，家裡的一切都得徵詢她的意見，按照她的話去做。」老農夫的決定，在當時可是違背常理的——因為一家之主通常都是男性。

小兒媳名叫「馮冕」，很快便打理好了一切。她告訴老農夫和三兄弟，絕不能空著手去工作，也不能空著手回家。因此每天早上，他們得帶著肥料到田裡，晚上則帶回找到的樹枝，沒多久，他們的田裡便滿滿都是稻穗，家裡也再也不缺燒火的柴薪了。當可以採集的樹枝所剩無幾時，馮冕便請父子帶石頭回來堆在屋外，當做蓋房子的建材。

有一天，一位寶石商人騎馬經過他們家時，看見了那堆石頭，停下來仔細察看，發現其中一顆石子含有大塊珍貴的翡翠。商人立即走進屋裡，要求見當家一面——你可以想像，當他看到馮冕出現時，有多訝異！

馮冕擅於討價還價，更令商人訝異不已，最後他同意出高價，答應幾天後回來付款，買下這堆石頭。當然了，他隻字未提翡翠的事。

馮冕立即猜到，商人想詭騙他們。她請公公邀商人來家裡吃晚餐，再把話題引到珠寶上，問商人要如何識別珠寶。馮冕躲在布簾後仔細聆聽，之後，她走到外頭，按照商人說的方法，找到了那顆翡翠石，並且藏到屋裡。

過幾天，商人帶著錢來了，然而，他驚訝的發現自己的意圖被識破了。馮冕同意將翡翠賣給他，只要他也一起買下那堆石頭——但價錢要比他之前的出價高得多。就這樣，馮冕靠石頭賺來的錢，讓家裡致富了。他們建造了一棟全新的房子，門上掛了一個牌子，寫著「無憂」。

一位官員經過他們的新家時，看到門上的牌子。「這也太誇張了吧？」他生氣的說：「每個家都難免有憂愁的事，你們卻如此自傲，我非處罰你們不可。」馮冕卻客氣的回答道：「我們是個快樂的家庭，這牌子只是請訪客將他

們的愁苦，留在門後罷了。」

「你就織一塊跟這條路一樣長的布，做為處罰吧。」官員堅持要懲處馮冕。「當然沒問題，大人。」馮冕恭敬的深深鞠躬，她說：「等您找到路的頭尾兩端，告訴我確切的路長，我就開始織布。」官員自知說不過馮冕，便更加憤怒。

「你也可以給我跟海水一樣多的油，做為懲罰。」他怒氣沖沖的說。「我很樂意，大人。」馮冕向官員行禮，腰彎得更深了，「只要您一量好大海有多少水，告訴我究竟需要多少的油，我就立刻去辦。」

「既然你這麼聰明，也許你能讀透我的心思。」官員答說：「如果你辦到的話，我就不處罰你。看到這隻棲在我手指上的鳥了嗎？告訴我，我是打算把牠捏死呢，還是想讓牠安全的飛走？」

「大人，」馮冕回答：「您是位高權重的大官，而我只是個普通的女子，如果您懂得不比我多，本就不該處罰我。現在我倒有個問題想請教您：我一隻腳踏在門外，另一腳踏在門內，請告訴我，我是打算進去呢，還是打算出來？如果您也無法讀透我的心思，就不該要求我看透您的心意。」

官員當然無法猜到，只好被迫承認馮冕說得對，嘟嚷著離開了。這個家族在馮冕的帶領下，度過許許多多無憂無慮的年頭。

烏拿娜對戰獨牙巨象

改編自南非原住民祖魯族的傳說

從前，有個女人叫「烏拿娜」，她住在南非祖魯族的村落裡。祖魯語中有句諺語：「跟青蛙一樣頑固」，而「烏拿娜」的意思就是「青蛙」。烏拿娜的名字取得很好——因為無論生命給她出了什麼難題，她從不輕言放棄。

儘管烏拿娜的丈夫不幸死了，留下她獨自守寡，她仍然決定把生活過得精采多姿。她帶著兩個孩子，住在野獸常常出沒的森林附近，一間破敗的小屋子裡。每天，去森林撿柴的村民都會經過他們家，每天，也都有村民在屋子邊停下來。「你的孩子長得好漂亮啊，烏拿娜。」村民會說：「你一定很以他們為榮。」

一天早晨，烏拿娜去森林裡撿柴，留下孩子們跟他們的表姊，在家一起玩鵝卵石，烏拿娜走入樹林時，依稀還能聽到三個孩子開心的嬉鬧聲。孩子們玩石頭玩膩了，便開始拿樹枝和葉子，造起小小的房子。突然間，他們聽到一陣

巨大的沙沙聲響，接著，一頭狒狒慢慢走進院子。

「這是誰的孩子？」狒狒用異常低沉的聲音問表姊說。

「是烏拿娜的孩子。」表姊笑著回答。

「嗯。」狒狒說：「我以前從沒見過這麼漂亮的小孩。」

說完，狒狒便匆匆回到森林裡，孩子們則繼續玩他們的遊戲。

一會兒之後，他們聽到樹枝的斷裂聲，接著看到一頭羚羊，用一雙棕色的大眼睛瞪著他們。

「這是誰家的孩子？」羚羊柔聲的問表姊。

「是烏拿娜的孩子。」她跟之前一樣答道。

「嗯。」羚羊說：「我以前從沒見過這麼漂亮的孩子。」說完，羚羊就跳回森林裡去了。

孩子們暫停了遊戲，他們又熱又渴，表姊給他們一人一個小葫蘆當杯子，讓他們到門邊的水罐裡舀水來喝。

就在這時，他們聽到一聲猛獸的吼叫。看到花豹身上的斑紋，表姊嚇到連裝水的葫蘆都掉了。

「這是誰家的孩子？」豹子低吼著問。

「他們是烏拿娜的孩子。」表姊渾身發抖的回答說。

「嗯。」豹子表示，「我以前從沒見過這麼漂亮的孩子。」說完，花豹撇過頭，又消失在森林裡了。

幾番折騰後，孩子們已經沒心情

玩了，他們不想再有任何訪客，只希望媽媽能趕快回來。可是他們沒盼到烏拿娜，反而等來一頭大象。這頭只有單根象牙的巨象，從樹林裡慢悠悠的走出來，直瞪著幾個心驚膽顫、試圖躲到大石後方的孩子。

「這是誰家的孩子？」大象用孩子們聽過最宏亮的聲音說。

「他……他們是烏拿娜的孩子。」表姊結結巴巴的說，怕到不敢亂動。

「嗯。」大象說：「我以前從沒見過這麼漂亮的孩子。我想帶他們跟我回去！」說完大象張大嘴巴，咕咚一聲，將烏拿娜的兩個小孩吞了下去，接著就重重踩著腳步，走回森林了。

表姊開始放聲尖叫，她衝回小屋，重重將門摔上。她該怎麼跟烏拿娜交代呢？

烏拿娜一直到深夜，才扛著一大綑柴火回家。孩子們的表姊從小屋裡狂奔出來，慌張得不得了，烏拿娜花了好一會兒功夫，才弄明白她想說什麼。

「對不起！」女孩痛哭著，「我沒辦法阻攔大象把孩子們帶走。現在該怎麼辦？」

「我會去找他們，」烏拿娜答道：「但我得先拿幾樣東西。」

她走進小屋，拿了一鍋豆子放到火上煮，等豆子變軟煮好後，她把鍋子放涼，然後穩穩的頂到頭上。接下來，她找到一把銳利的長刀，塞到腰帶裡，留下孩子們的表姊看家，自己獨自進到森林裡去尋找孩子。

烏拿娜遇到的第一隻動物是狒狒。「狒狒！噢，狒狒！」她喊道：「你有看到一頭只有單根象牙的大象嗎？他把我的孩子吃掉了，我得找到他們。」

「我知道你，」狒狒用低沉的聲音回答：「你是烏拿娜，我會幫你的。順著這條路走，你會看到幾棵大樹和白色石頭，在那裡便能找到大象了。」

烏拿娜謝過狒狒，沿著路逕繼續走，但她到處都看不到大樹、白色石頭或

大象，事實上，她唯一看到的動物是隻羚羊。「羚羊！噢，羚羊！」她喊道：「你有看到一頭只有單根象牙的大象嗎？他把我的孩子吃掉了，我得找到他們。」

「我知道你，」羚羊用溫柔的聲音說：「你是烏拿娜，我會幫你的。順著這條路走，最後你會看到幾棵大樹和白色石頭，在那裡便能找到大象了。」

烏拿娜謝過羚羊，繼續沿著路走。她走了又走，感覺又累又餓，不過她可沒有吃鍋子裡的豆子——那是要給孩子們吃的。

烏拿娜不停繼續前行，直到繞過一個彎路，遇到了一頭花豹。「花豹！噢，花豹！」她疲憊的說：「你有看到一頭只有單根象牙的大象嗎？他把我的孩子吃掉了，我得找到他們。」

「我知道你，」豹子低吼著答說：「你是烏拿娜，我會幫你的。順著這條路走，最後你會看到幾棵大樹和白色石頭，在那裡便能找到大象了。」

烏拿娜謝過花豹，拖著雙腳在路上走著，就快要走不動了。突然之間，她看到眼前的幾棵大樹和白色的石頭，還有那頭單根長牙的巨象，正心滿意足的躺在樹蔭底下。

烏拿娜直視著大象的眼睛，「你就是吃掉我孩子們的大象嗎？」她問。

「別傻了，」大象大聲的說：「我幹麼那麼做？一定是別頭象吃掉的，你只要順著這條路……」

「跟我說實話！」烏拿娜怒喝一聲：「你是不是吃了我的孩子？」

「沒有，我沒有。」大象撒謊說：「我剛才說了，如果你沿著這條……」

說時遲那時快，烏拿娜揮著刀，尖叫著往大象衝過去，「我的孩子在哪裡，現在立刻告訴我！」接著大象張開大口，似乎是要回答，然後……一口就把烏拿娜、她的鍋子和刀全吞下去了！

不過，這隻巨大的野獸並不知道，這麼做剛好稱了烏拿娜的意。她滑入大象的喉嚨，一路往下溜進漆黑之中，最後落在大象的胃裡。烏拿娜看到驚人的景象，大象的胃壁就像起伏的山丘，各種膚色的人和各種動物都在這裡。終於，她看到了她兩個漂亮的孩子。

「媽媽！噢，媽媽！」孩子們呼喚著，抱住媽媽，「我們好害怕，而且我們餓壞了。」烏拿娜拿下頭上的鍋子，餵孩子們吃豆子。

　　人群很快尋著香味聚集過來。「我們也餓了。」他們呻吟說：「拜託能不能也給我們一些豆子吃？」

　　「你們怎麼會餓肚子？」烏拿娜答道：「你們可以喝牛和羊的奶，還可以吃雞生下的蛋。生把火，把雞蛋煮了吧，不過要確保火生得又旺又熱喔。」

　　於是人們生火開始煮雞蛋，他們一生火，大象便開始痛苦大叫，叫聲震耳欲聾，惹得森林裡其他動物紛紛衝過來，看看究竟怎麼回事。

　　「我的肚子痛死啦。」大象說：「感覺就像著了火。一定是我吃壞東西了。」灼痛愈演愈烈，不久之後，大象翻過身，嚥下了最後一口氣。

　　烏拿娜很快的拔出自己的刀子，在大象的肋骨間劃出一道開口，和她的孩子一起走了出來。牛、羊、狗、雞和人們也都走了出來，他們很感激烏拿娜的救命之恩，送了各式各樣的禮物給她。烏拿娜和她的孩子們，就此擺脫了貧窮。

　　幫忙看家的表姊看到母子三人平安回家時，簡直不敢相信，開心得又叫又跳。全村一起舉辦了一場慶祝派對，歡樂極了。

王后戰士與邪惡巫師

改編自俄羅斯傳統童話故事

很久以前，有一個隸屬俄羅斯帝國的王國，由王后「瑪莉亞·莫蕊娜」統治。瑪莉亞的父親不僅將王位傳給她，教她如何成為一名明君，還訓練她成為無所畏懼的戰士。後來，王后嫁給名叫「伊凡」的年輕王子，善良勇敢的王子也搬進了瑪莉亞的宮殿，與她同住。

有一天，信差騎著快馬，穿過皇宮大門送來消息：伊凡王子的王國受到敵人攻擊，王子必須立即返國。「我陪你回去，」瑪莉亞笑著說：「你出征時，需要有人幫忙管理王國啊。」

兩人於是出發前往伊凡的王宮。王子召集完參戰的部隊後，與妻子道別，同時也警告她，「王宮裡的鑰匙全在你這兒了。」他說：「高塔上那個房間的門得時時上鎖，絕不能打開。這是我唯一的請求，千萬別上去那裡。」

瑪莉亞不禁起了好奇心，不過她為了好好治國，一連好幾週都忙得無法

抽身去看個究竟。直到一個週末，瑪莉亞終於有空四處探索了，她不顧伊凡的警告，爬上了高塔。「我看一眼就好，」瑪莉亞對自己說：「不會有問題的。」

她打開門鎖，走入房中。房間裡，有個留著長長的白鬍子和白髮的老人，被鐵鍊綁在牆上。「親愛的女士，」老人哀求說：「我好渴，求您幫我弄點水來，我將來一定回報你一次願望。」瑪莉亞很同情他，便取來三大桶水，老人咕嚕咕嚕，把水全喝光了。他喝著喝著，身體逐漸強壯起來，直到可以直接掙斷鍊子。「謝謝你，瑪莉亞。」老人放聲大笑，「你讓我這個老頭很開心。」

「你到底是誰？」瑪莉亞大聲問。「巫師考斯楚，」老人答說：「很多年前，伊凡王子的父親逮捕了我，將我鎖在這裡，說是為了封印惡魔。現在你讓我重獲了自由，而你將再也見不到王子。」說完，巫師露出猙獰的笑容，他飛出窗口，找到伊凡和他的軍隊，飛撲而下，攫起騎在馬上的王子，把他帶往自己位於海邊的城堡。

邪惡的考斯楚離開後，瑪莉亞知道自己闖了大禍——不過這位王后也不是省油的燈，她立刻跳上她的戰馬，衝去解救丈夫。

經過了好幾天，瑪莉亞終於抵達考斯楚的城堡。她躲在森林裡，直到看見巫師跳下一匹黑色駿馬。瑪莉亞手持利劍，偷偷溜進城堡裡，在漆黑的地牢中找到了伊凡。小倆口因重逢而歡喜無比，並隨即開始計畫該如何逃脫。然而，事情並沒有那麼順利——考斯楚的坐騎跑起來快如疾風，他們不可能跑得贏那匹黑馬。而萬一他們被考斯楚抓到，巫師肯定會殺了他們。

「但我們不能留在這裡，」瑪莉亞說：「這個險我們非冒不可。」於是兩人進入森林，騎上瑪莉亞的馬，策馬全速奔騰。

與此同時，考斯楚的馬走到一半，突然停了下來。考斯楚罵道：「你這懶惰的傢伙，停下來幹麼？」馬兒則哼著氣說：「瑪莉亞把伊凡王子救走了。」

　　「那你還在等什麼？」考斯楚扯著嗓子高喊：「快去追他們，否則就拿你餵狗！」黑馬開始全力衝刺，很快就追上瑪莉亞和伊凡。巫師抓住了他們，將兩人帶回自己的城堡。

　　「你們竟敢逃跑？」考斯楚吼叫著：「等著受死吧！」

　　就在他揚劍作勢攻擊時，瑪莉亞喊道：「你曾答應要回報我一次願望，」她說：「你還記得嗎？」巫師停下了動作，「很好，」他冷笑一聲，「這回我就不殺你。」

　　考斯楚將瑪莉亞鎖進一個大木桶子，扔入海中，接著把伊凡抓回城堡。幸好幾天之後，一隻老鷹、一隻黑鵰和一隻烏鴉，在飛越大海時看見了在浪裡載浮載沉的桶子，他們用利嘴和爪子，

將桶子拉上岸打開。看到瑪莉亞從桶子裡爬出來時，他們都嚇了一大跳。

「謝謝你們。」瑪莉亞說：「儘管我脫困了，也來不及去救伊凡了。」三隻鳥齊聲呱呱叫著：「如果伊凡能問出，巫師是從哪裡找到他的駿馬，你就可以試著也弄來一隻能夠匹敵的馬了。」

瑪莉亞前往考斯楚的城堡，她再次等候巫師離開，然後溜進去地窖找伊凡王子。她把鳥跟她說的話告訴伊凡，並在離開前保證她明日還會再來。

那天晚上，巫師回來後，伊凡問起他的那匹黑色駿馬，「我從沒見過這麼神勇的馬，」他開口說：「您是從哪裡得到牠的？」

「從一位芭芭雅嘎那兒弄來的。」考斯楚被捧得樂陶陶的，「那個充滿智慧的森林女巫養了一批神駒，我曾經幫她照料，她便送我一匹做為獎賞。」

「你是怎樣找到芭芭雅嘎的？」伊凡驚呼說：「應該很不容易吧？」

「只有像我這麼聰明的人才找得到。」巫師邊吹噓，邊從口袋拿出一條紅手帕，「芭芭雅嘎住在遠方的海邊，得渡過一條火河才能到得了。於是我揮動這條魔法手帕，變出一座渡河橋。其實真的很簡單。」他對伊凡笑著挺起胸膛，十分得意。當晚，等巫師睡著後，伊凡悄悄溜了地窖，偷走了那條手帕。

隔天，伊凡把手帕交給瑪莉亞，並將考斯楚說過的話，一五一十的告訴她，瑪莉亞隨即展開了漫長的旅途，出發去尋找芭芭雅嘎。途中她又餓又渴，當看到一隻母鳥帶著幼鳥，瑪莉亞心想，可以獵下其中一隻來充飢。可是母鳥大聲嘶叫著四處飛繞，哀求瑪莉亞別吃掉她的幼鳥。「別動我的孩子，」母鳥說：「我有一天一定會報答你。」善良的瑪莉亞於是走開了。

後來，她找到了一個野生蜂窩，想到有蜂蜜吃，瑪莉亞便忍不住流口水。不過，蜂窩裡的蜜蜂也懇求她放過他們，「別吃我們的蜜，」蜜蜂嗡嗡說：「我們有一天一定會報答你。」瑪莉亞只好忍著饑餓再度上路。

　　她一直走到了海邊，在岩石上抓到一隻螯蝦，心想終於有晚餐可以吃了！但螯蝦對她哭喊說：「求你饒我一命吧，我有一天一定會報答你的。」瑪莉亞當然也放過了螯蝦，繼續前行。

　　最後，瑪莉亞來到一間外觀奇異的小屋子，屋子蓋在四根長長的支椿上——那就是芭芭雅嘎的房子。瑪莉亞爬上梯子，叩響屋門，一位駝背的老婆婆前來開門。婆婆有一張乾癟、滿布皺紋的臉，和一對銳利的棕色眼睛，「進來吧，瑪莉亞。」她用沙啞的聲音說：「告訴我，你想要什麼？」

　　瑪莉亞小心翼翼的回答：「我想幫您照顧馬匹，這樣或許您能賞我一匹馬做為報酬？」

　　「有何不可？」芭芭雅嘎說：「如果你能把我的馬照顧好，我就送你一匹跑得最快、最優良的駿馬。但若是你弄丟了任何一匹馬，我一定會殺掉你。」

　　芭芭雅嘎在屋裡挪了個位置給瑪莉亞睡，還給她食物和飲料果腹。第二天早晨，瑪莉亞打開馬廄的門，放馬出來吃草，馬群卻立即四下奔散，短短幾秒內就全不見影蹤。瑪莉亞找了一整天，但馬群早就都跑遠了。就在她正想放棄時，空中出現了一群飛鳥，帶頭的正是瑪莉亞之前遇到的那隻母鳥。鳥群幫她找到了所有的馬，並用力啄牠們，逼馬匹趕快跑回家。

　　芭芭雅嘎在心裡暗暗生氣：她之前命令馬群逃走，好讓她能藉機殺了瑪莉亞，但她的計畫這下完全被破壞了。第二天，馬群跑到森林更深處，瑪莉亞追得筋疲力盡，卻怎麼也看不到馬的影子。忽然，空中飛來一大群蜜蜂，蜂群幫瑪莉亞找到馬匹，然後開始螫牠們，直到馬群一一逃回馬廄。

　　然而，芭芭雅嘎還是不肯罷休。隔天，她要馬群跑進海裡，並叫牠們游到

瑪莉亞的視野之外。瑪莉亞垂頭喪氣的坐到岩石上，似乎已經完全失去了找到伊凡的希望。就在這時，有個東西咬了她的手指——是之前那隻螯蝦。「海裡的大家已經把馬群都趕回馬廄了，」螯蝦說：「可是芭芭雅嘎痛恨被耍的感覺，你趕快躲進馬廄，等她睡著後，再騎上角落裡那匹最不起眼的小馬，盡速逃走。」

瑪莉亞遵照螯蝦的話，等天色全暗、芭芭雅嘎入睡後，她從藏身的地方走出來，給醜醜的小馬套上馬鞍，騎著牠馳騁而去。越過火河上的橋後，她讓小馬在綠草茂盛的草地上吃草，幾天之後，小馬長得又高大又強壯——跟巫師的駿馬不相上下。不久後，瑪莉亞帶著她的馬回到了考斯楚的城堡，救出在那裡等候的伊凡，一起逃跑。

考斯楚得知他們逃走的消息後大發雷霆，騎上自己的駿馬，「你這隻懶惰沒用的畜牲，還不快去追他們！」他大吼著，拿鞭子狠狠的抽打他的馬，「快點，快點，追快點！否則我們永遠也追不上他們。」

考斯楚的馬跑得跟風一樣快，果然追上了瑪莉亞和伊凡。但就在考斯楚舉起劍的那一刻，他的馬突然往後一踢，把凶殘的主人摔到地上，還瞄準他狠踹了好幾下。受傷的巫師只好拖著身體逃回城堡，從此再也沒人見到他了。

瑪莉亞和伊凡終於回到他們的王國，享受團圓的喜悅。但不久之後，瑪莉亞王后又得帶著她的軍隊出戰了——畢竟，一日為戰士，終生為戰士嘛！

來自北境的法蘭

改編自芬蘭民間傳說

從前從前，有一位年邁的女王「婁希」和她的女兒「法蘭」，她們統治著冰天雪地的芬蘭北境。一個陰冷的早晨，婁希聽到一個奇怪的聲音，從附近的河岸傳來，她匆匆解開小船的繫繩，往河的下游划去，結果發現有個滿頭銀髮的老人，站在岸上發出野獸般的嚎叫。

「你是誰？」婁希喊道：「你從哪裡來的？」

老人答道：「我來自英雄國，但我迷路了。」

婁希說：「來我家吧，至少能讓你暖暖身，也保持乾爽。」

老人謝過慷慨的婁希，並幫著她一起把船划回上游。回到家，兩人坐在火堆邊時，老人向婁希說明了自己的來歷。

「我是瓦納莫能，我朋友都叫我『瓦納』。」他說：「我是個歌手。」婁希聽說過瓦納的大名——他不僅是歌手，還是位以高超法力著名的法師。

「我真是個傻老頭，」瓦納接著說：「我來這裡是想找個老婆，結果一路飽受折騰，現在我只想回家了。」

「如果我幫你，你願意給我什麼？」婁希問。

「金子和銀子如何？」瓦納建議說：「還是珠寶？皮草呢？」

「我唯一想要的，」婁希回答：「是『桑波』——一種能從空氣中磨出麵粉、鹽和錢幣的魔法石磨。送我這個磨，我就送你一匹馬和雪橇，讓你回家。噢，對了，任何為我打造桑波的人，也能迎娶我的女兒。」

「唉，可惜我沒有能力幫你打造桑波。」瓦納難過的嘆氣，「不過我知道誰能，他叫『賽伯』，是英雄國的鑄鐵大師。我一回國就派他來找你。」

在瓦納乘著新雪橇離去前，婁希警告他：「抵達家門之前，你都要低著頭，千萬別抬起來，否則惡運就會降臨。」結果，瓦納才沒走多遠，便傳出刺耳的劈啪聲響。原來他忘記了婁希的警告，抬起頭，驚喜的看見一道彩虹，和一位坐在彩虹上、用織布機織著布的年輕女子。那就是老婁希的女兒——法蘭。

「你的母親說等我下次回來，我們就能成婚。你願意嫁給我嗎，來自北境的少女？」他問。

「我會考慮看看。」法蘭哈哈笑說：「如果你能把蛋打結而不弄破蛋殼，並將馬的一根鬃毛用刀剖成兩半的話。」

　　「那沒問題。」瓦納吹噓說。他爬下雪橇，施展魔法，完成了法蘭提出的任務。

　　「現在請剝掉石頭的一層皮，然後徒手將一大塊冰砍成碎片。」法蘭說，而瓦納這次也做到了。

　　「真厲害。」法蘭欣賞的說：「不過你能把我的紡織機做成一艘船，然後在不碰到船的情況下，把它放入河裡嗎？」

　　「簡單。」瓦納答道。他花了好幾個小時劈砍、調整木片，結果他的鋸子突然一滑，深深插入他的腿裡。難道這就是婁希警告他的惡運嗎？瓦納抬起頭，發現少女和彩虹都消失不見了。他施展自己最擅長的治療咒語，止住了血，然後用一條青苔綁住受傷的腿，蹣跚走回雪橇上，盡速往南疾馳而去。

　　法蘭回到家後，婁希責罵她不該捉弄瓦納。「哼，你根本不該拿我做為獎賞。」法蘭不悅的駁斥說：「我根本不想嫁人，尤其是嫁給那種老頭！」

　　「你有可能把事情搞砸。」她母親說：「人家答應了要派一名鐵匠，來幫我們打造一具桑波。」

　　然而，回到英雄國的瓦納，其實並不確定自己能否信守承諾，萬一賽伯不想去北方呢？於是他想到一個絕妙的點子：瓦納傾盡所有法力，開始唱歌，唱著唱著，一棵找長著金色針葉的高大松樹開始往上長高，高到直達天際。松樹的樹枝上散布著閃閃發光的星星，樹頂還

有一顆滿月。

接著瓦納跑去找賽伯，向他解釋自己進退兩難的處境。「可是我不想去北境，」鐵匠揮著他的大鎚子說：「那裡都是怪獸，而且冷得要命。」

「其實沒那麼糟啦。」瓦納說：「過來看看我帶回了什麼。」他帶賽伯去看那棵金松樹，並鼓勵他爬到樹頂。賽伯爬上去後，瓦納開始咻咻往上吹起一陣大風，將賽伯吹往北境，讓他落在老妻希家的門階上。

知道自己被騙，賽伯氣壞了，但妻希和法蘭卻很歡迎他——尤其是在他報上姓名之後。「很好，瓦納遵守了他的承諾。」妻希說：「像你這樣的鑄鐵大師，打造一個桑波應該沒什麼問題吧？說不定事成之後，我可愛的女兒會同意嫁給你。」一旁的法蘭背著母親低聲的說：「你作夢吧。」

過了幾週，賽伯終於完成桑波了。妻希推動桿子，魔法石磨就會從一邊磨出麵粉，從另一邊磨出鹽，再從第三個出口磨出錢幣。工作完成後，賽伯去找法蘭，「我幫你打造了桑波，」他說：「你願意嫁給我了嗎？」

「不了，我現在並不想結婚。」法蘭堅決的回答，賽伯只好垂頭喪氣的回到家鄉。但他忘不掉美麗的法蘭——因為他已經愛上她了。賽伯原本以為經過相處，法蘭就會改變心意，同意嫁給他，沒想到卻狠狠遭到拒絕。

當他把事情經過告訴瓦納時，老法師心中暗自高興著，「法蘭果然還是想嫁給我的，而且她很愧疚欺騙了我。」他對自己說：「我會把她想要的船造好，那將會是有史以來最堅固的船。」船造好後，瓦納把船漆成紅色與金色，並選在某天一早，揚起大片的紅色風帆，希望能神不知鬼不覺的把船開走。

不過，賽伯的妹妹安妮基剛好到海邊洗衣服，她發現了瓦納的大船，喊道：「你要去哪，瓦納？」

「去捕鮭魚。」瓦納回答說。

「可是你又沒帶漁網或釣線。」安妮基説。

「那就去抓野鵝囉。」瓦納又試著狡辯説。

「可是你又沒帶弓箭。」安妮基説。

「好吧好吧，」瓦納坦承説：「如果你非得打破砂鍋問到底的話，我就告訴你吧——我是要去向北境的少女求婚的。」

安妮基聽到瓦納的話，馬上扔下衣物，飛奔去找哥哥，把瓦納的計謀告訴賽伯，因為她知道哥哥深愛著法蘭。賽伯不敢耽擱，以最快的速度穿上自己最帥氣的衣服，為最好的駿馬套上雪橇，接著全速向北境前進。

婁希與法蘭從她們的農舍中，看到搭船抵達的瓦納，和乘著雪橇趕到的賽伯。法蘭內心很高興賽伯回來了，因為她十分想念他的陪伴，也發現他們兩人在各方面都挺合適的。「我知道之前我拒絕了他，」法蘭告訴母親：「但我想我還是願意嫁給賽伯的。」

「你確定你不嫁給那位富有又法力高深的法師？」婁希説：「既然如此，賽伯就得拿出更多本領，來證明他有資格娶我女兒。」她把賽伯找來，給了他一項不可能的任務，「為了證明你有資格娶我女兒，你必須把蛇田清理乾淨。」

賽伯的臉色瞬間變得死白。他超級懼怕蛇，但他真的很想讓婁希和法蘭對自己刮目相看。「沒問題的，」法蘭悄聲對他説：「你幫我做一件鐵環製的盔甲、鐵靴和鐵手套，我去幫你清理田地。蛇沒有辦法咬穿金屬，而且我也不怕蛇。」於是，賽伯為法蘭打造了一件最美的環鎖盔甲，還有堅固的靴子與手套，法蘭穿上之後，把田地犁得整整齊齊，而且一次都沒被蛇咬到。

可是當賽伯回到婁希的農舍時，他想娶法蘭的願望再次受到了打擊。「那不算數，因為你沒有親自犁田。」婁希説：「所以現在你得完成另一項任務：去捉河裡最大的狗魚，但不能用漁網或釣線。」

賽伯只要想到狗魚一口可怕的利齒就渾身發抖，於是法蘭再次伸出援手，「用火鑄出一隻有鐵爪的大鳥，」她說：「大鳥會抓住狗魚，這樣你就不會受傷了。」賽伯照法蘭的話做，成功完成了婁希給的最終任務，他一邊向她遞上要放入鍋裡燉煮的狗魚頭，一邊問著：「現在，請問我能娶您女兒了嗎？」

「是的，你可以娶她了。」法蘭連忙插話說，以免母親又想出什麼奇怪的任務。

公主、商人和奇異的櫃子

改編自非洲民間傳說

曾經在蘇丹國，有位掌握大權的國王，過著非常奢華的生活。他擁有一座豪華的宮殿、許多座絕美的花園、上百名僕人，還有滿滿都是黃金的寶庫。不過，因為這位國王不太善於理財，所以他把所有財務全交給王后打理。國王和王后生了一個女兒，名叫「亞米拉」，她就跟母親一樣聰明能幹。

在亞米拉大約二十歲時，她母親不幸因病去世了，心碎的國王拒絕處理所有朝政，他把自己關在房中，不肯接見任何人。國王傷心到無力指揮工人或花匠做事，皇宮因此變成一片荒蕪，花園裡也長滿了野草。更糟的是，他開始亂花錢，把所有的錢財都揮霍光了，原本的寶庫如今空空如也。

不過，國王其實還有另一個非常大的寶庫，裡頭裝滿了金幣——那是王后在生前存起來，準備為國應急用的。當手邊所有錢財都耗盡後，國王想起了這個寶庫，便也開始動用裡面的黃金了。幸好有亞米拉緊盯著父親，每次國王打

開寶庫，她就偷偷搬走一條金條，埋到她在地上挖的一個洞裡。

隨著時間過去，那個寶庫裡的財寶也被用光了。不過亞米拉已經偷偷藏妥了一大堆金條，當宮裡缺少食物，或是要支付僕人薪水時，她便會挖出一條金條，拿去市集上賣。亞米拉找到城裡最舉足輕重的一位商人，請他以合理的價格，買下自己的黃金。

商人被公主聰慧的魅力迷倒，立刻就愛上了她。「美麗的公主，」商人說：「如果你願意嫁給我，我就付給你兩倍的錢。」

亞米拉並不想嫁給商人，當然更不想被錢收買。她拒絕了商人的提議，商人覺得既丟臉又沮喪，於是在亞米拉要求取消交易、拿回自己的黃金時，他開始裝傻，假裝自己不知道公主在說些什麼。

亞米拉生氣的跑去找第二位商人，她把第一位商人的事情告訴他，請他幫忙拿回金條。但令亞米拉氣憤的是，第二位商人竟然也瘋狂愛上了她。

「美麗的公主，」第二位商人說：「如果你願意嫁給我，我就幫你拿回黃金，並付給你四倍的錢。」

同樣的情況，也發生在第三位、第四位商人身上，最後亞米拉再也受不了，便坐到附近一棵樹的樹蔭底下。她坐在那裡哀聲嘆氣，這時，有一位智者婆婆經過。「您為何看起來如此悲傷，公主？」婆婆問：「今天天氣這麼好，您的心情不該這麼糟呀。」

亞米拉便告訴老婆婆金條的事，以及商人們是如何將她當做能用錢買下的物品。「得給他們一點教訓才行。」老婆婆聽完咯咯笑說：「我最會教訓人了，如果您能給我半條金條做為報酬，我很樂意幫忙。」

「我答應您，」亞米拉同意了，「只要您能夠幫我討回黃金的話。」

老婆婆向亞米拉說明該怎麼做之後，便與她道別了。

　　亞米拉回到皇宮，召來宮裡的木匠，按老婆婆的指示，讓木匠做一個有四扇門的大櫃子。每扇門後，都得有大到能讓人進入的隔間。木匠從沒聽過這樣的要求，但他還是盡力製作，沒日沒夜的趕工整整一週，終於完成了櫃子，木匠很驕傲的把櫃子安放在公主的會客室。

　　櫃子擺置妥當後，亞米拉前往市集，來到之前那第一位商人的店鋪。「好心的先生，我求你把我的金條還給我。」她說：「我真的很需要它。」

　　「真是那樣的話，親愛的公主，就接受我的條件吧。」商人回答：「只要你答應做我的妻子，我就把金條還你，再多給你兩條金條。」

　　「我答應你。」亞米拉笑了笑，害商人嚇一大跳。亞米拉繼續說：「不過我們沒時間浪費了。明天中午請到皇宮來，我會在我的會客室等你。」被愛沖昏頭的商人，一邊向公主保證自己絕對會準時赴約，一邊欣喜的遞上金條。

　　接著，亞米拉興奮的跑去見第二位商人。「親愛的先生，」她又說：「你能幫幫我嗎？請去你的朋友那，幫我拿回我的黃金，我真的很需要它。」

　　「我很樂意去幫你要回你的黃金。」商人傻笑說：「還可以再送你兩條我自己的金條，只要你答應做我的妻子。」

　　「我答應你。」亞米拉笑說：「不過我們沒有時間浪費了。明天中午一過，就請你到皇宮來，我會在我的會客室等你。」樂得手舞足蹈的商人給了公主兩條金條，並保證會準時抵達。

　　接著亞米拉跑去見第三位商人，對他說了同樣的話，拿到了商人給的兩條金條，並答應嫁給他。她請第三位商人明天到皇宮來，但時間比第二位商人再晚幾分鐘。最後，公主去拜訪第四位商人，對他說了一樣的話，並安排他在第三位商人抵達後的幾分鐘，再到皇宮來。

　　亞米拉拿著一共九條金條離開了市集，雀躍的回到皇宮。她將半條黃金交給智者老婆婆後，剩下的黃金拿給父親，但條件是他必須改過自新、振作起來。國王對聰明的女兒欣慰的笑了笑，「你母親一定會以你為榮。」接著他召集大臣，開始指示修繕皇宮、重整花園。

　　這時，亞米拉請求父親協助，請他明天躲在隔壁房間，每當看到有人進到她的會客室，就敲敲房門，直到四位商人都到齊為止。

　　隔天，第一位商人準時在正中午抵達了皇宮。亞米拉盛情歡迎他，把他帶進她的會客室。商人簡直不敢相信自己這麼好運，就在他正要讚賞公主的新櫃子有多漂亮時，卻傳來令人緊張的敲門聲。「是我父親！快，你必須躲起來。我父親不會贊成我們結婚的。」亞米拉說，她走向櫃子，打開第一扇門，叫商人躲進去。接著她鎖上櫃子的門，把鑰匙收入自己的口袋裡。

　　過了幾分鐘，第二位商人到了。進入客廳的他正想坐下來，讓自己自在一

點，卻聽到震耳的敲門聲。「是我父親！你得趕快躲起來，他不會同意我們結婚的。」亞米拉說，她打開櫃子的第二扇門，請商人躲進裡面，然後同樣把門鎖上。

第三及第四位商人也遇到一模一樣的情況，最後，四位商人全被鎖進了櫃子裡。接著，亞米拉叫來幾名挑夫，把櫃子搬到拍賣行。華美的櫃子很快就吸引到一位米亞拉兒時玩伴的注意——她的這位朋友如今已經成為鄰國的國王了。

國王花了一大筆錢買下櫃子，亞米拉很高興能賣掉櫃子，不過她有一個附帶條件。「陛下，」她說：「您必須保證不會後悔在櫃子裡找到什麼，我才能把櫃子賣給您。」國王豪邁的答應，於是，亞米拉把櫃子的鑰匙交給了他。

國王原本打算把櫃子搬回宮殿，可是亞米拉的話實在讓他太好奇了，便在圍觀的群眾面前，直接打開了櫃子的第一扇門，結果發現了一名紅著臉、縮在裡頭的商人。接著他打開第二道門，然後是第三跟第四扇門，只見四位商人全都七手八腳的爬出櫃子。群眾對著艦尬不已的商人們，拍著手哈哈大笑。

「告訴我，公主。」國王對亞米拉敬佩不已，「你是怎麼把四位商人鎖進櫃子裡的？我從沒見過如此奇妙的事！」

亞米拉於是把商人們是如何試圖利用金條向她騙婚的事，全盤告訴了國王。亞米拉轉過頭對四位商人說：「你們都試圖買下我，現在反而被我賣了，活該！」

亞米拉把他們給她的金條，都還給了每位商人，商人們連忙羞愧的逃回家。此後在這個國度，再也沒有人敢輕視聰明過人的亞米拉公主了